KB014408

맛나라 이웃나라

맛나라 **이웃**나라

초판 1쇄 발행   2024년 2월 26일

지은이   비카쉬 저스틴 쿠니 외 60명
펴낸이   김종곤
편집   이혜선 박민영
펴낸곳   ㈜창비교육
출판등록   2014년 6월 20일 제2014-000183호
주소   04004 서울특별시 마포구 월드컵로12길 7
전화   1833-7247
팩스   영업 070-4838-4938 / 편집 02-6949-0953
홈페이지   www.changbiedu.com
전자우편   contents@changbi.com

ⓒ 충청남도 서천교육지원청 서천도서관 2024
ISBN 979-11-6570-243-4 03810

* 이 책 내용의 전부 또는 일부를 재사용하려면 반드시 저작권자와 ㈜창비교육 양측의 동의를 받아야 합니다.

* 책값은 뒤표지에 표시되어 있습니다.

맛나라 이웃나라

다양한 나라에서 온 이주민들의 맛깔나는 음식과 생활 이야기

비카쉬 저스틴 쿠니 외 지음

창비

머리말

외국에서 날아와 한국에 둥지를 튼 분들이 있습니다. 색다른 외모와 말투로 낯선 시선을 받기도 하지만 한국에 대한 호감과 애정을 갖고 우리 사회에 녹아들려 애쓰는, 바로 '이주 배경 주민' 분들입니다.

『요리는 감이여』로 음식을 통해 청소년과 노인이 서로 소통하는 모습을 확인했던 우리는 이번엔 이주민에게 시선을 돌렸습니다. 요리를 매개로 이주민의 문화적 배경을 이해하고 그분들을 우리 사회의 엄연한 구성원으로 존중하자는 뜻에서 『맛나라 이웃나라』는 시작되었습니다.

다양한 나라에서 온 22명의 이주민과 39명의 청소년, 그리고 지역 주민이 만나 음식을 만들고, 이주민들의 고향 사진을 함께 보며 대화를 나누었습니다. 학생들은 몸짓, 손짓과 번역기로 소통하고 자료를 찾아 가며 이야기를 채록했고 그림으로 표현해 주었습니다. 학생들에게 하나라도 더 알려 주려 애쓰던 이주민들의 모습이 눈에 선합니다. 음식 이야기를 나눌수록 가족에 대한 애정과 좋아하는 음식을 나누고 싶은 마음은 어느 나라에서나 다르지 않음을 확인할 수 있었습니다.

『맛나라 이웃나라』를 통해 독자 여러분도 어느새 우리 가까이 자리 잡은 이웃들의 이야기에 귀 기울이는 시간을 가져 보시길 권합니다. 여러 나라에서 온 이주민들의 그리움이 담긴 음식과 인생 이야기를 맛깔나게 그리고 엮었습니다. 이 책을 시삭으로 우리 곁에 자리 삽은 이주민들과의 교류와 소통이 더욱 활발해지실 바랍니다.

이 책에 참여한 모든 이를 대신하여
『맛나라 이웃나라』를 기획한 신효정 씀.

『맛나라 이웃나라』로 떠나기 전에!

이 책의 각 꼭지는 이주 배경 주민들의 인생 이야기, 요리 이야기, 요리를 만드는 방법을 설명하는 글과 만화로 구성되어 있습니다. 책을 좀 더 꼼꼼히 들여다보면 다른 나라에서는 '맛있게 드세요.'라고 어떻게 말하는지, 그 나라의 식사 예절은 어떠한지도 알 수 있어요. 어떤 내용이 어디에 들어가 있는지 살펴본다면, 이 책을 더욱 알차게 즐기실 수 있을 거예요!

요리 이름
현지에서 부르는 이름을
최대한 살리되, 익숙한
음식은 알려진 표기를
따랐습니다.

'맛있게 드세요'
'맛있게 드세요'를
그 나라의 말로
적었습니다.

한 컷 요리 그림
완성된 음식의
모습입니다.

이주 배경 주민의
이름과 출신국
이주 배경 주민의 이름과
살던 나라를 알려 줍니다.

요리 이야기
요리에 얽힌 추억과
만드는 방법 등을
소개합니다.

식사 예절
이주 배경 주민이 살던
나라에서 지키는
식사 예절을 소개합니다.

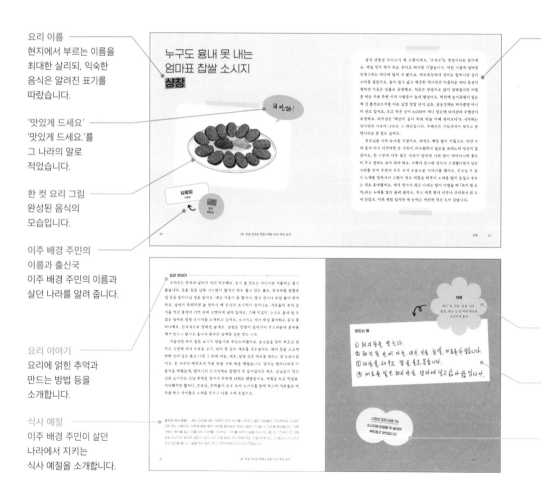

만화로 만나는 요리&인생 이야기
앞서 글로 소개한 이주 배경 주민의 인생 이야기와
그가 소개하는 요리 이야기를 청소년들이
만화로 구성해 주었습니다.

인생 이야기
이주 배경 주민이
나고 자란 나라와
그의 가족들, 한국에 온
사연 등을 소개합니다.

요리 재료
요리를 만드는 데 필요한
재료를 적었습니다.

만드는 법
이주 배경 주민이
손 글씨로 쓴 요리법입니다.

나만의 요리 비법
요리를 만들 때 활용할 수
있는 꿀팁을 넣었습니다.

차례

1부

정성껏 건네는
맛깔스러운 인사
메인 요리

2부

어느새
친숙해진 한입
간식

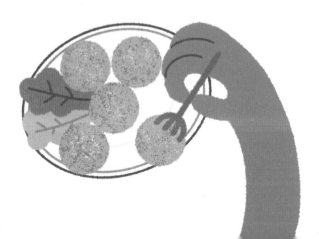

정성껏 건네는
맛깔스러운 인사
메인 요리

누구나 뚝딱 만들 수 있는
베이크드 빈 커리

비카쉬 저스틴 쿠니
Vikash Justin Kuni

남아프리카 공화국
요하네스버그

한국에 온 건 우연이었어요. 인터넷을 보다가 한국이란 나라에서 원어민 영어 선생님을 찾는다는 공고를 본 거예요. 한국에 대해선 전혀 몰랐어요. 온라인 인터뷰를 하고 합격한 뒤 주저 없이 한국으로 향했죠. 눈 쌓인 한국의 겨울 풍경을 보니 눈을 밟을 수 있다는 생각에 설렜어요. 저는 추위를 타지 않아서 겨울에도 반팔을 입거든요. '휴먼 히터'라는 별명도 있어요. 한국의 아이들은 저를 '쿠니 샘'이라 부르며 잘 따라 주었고 사람들도 외국인에게 친절했어요. 아이들을 가르치는 게 재밌었고 보람도 느꼈어요. 무엇보다 생각지도 못한 일이 일어나 한국에 예정보다 오래 머물게 되었습니다.

바로 인생의 소울메이트 와이프를 만난 거죠. 내 인생에서 최고의 행운이라고 매일 얘기해요. 아내는 늘 'cheezy(치즈 같다)'라며 느끼한 말 좀 그만하라지만 사실인 걸요. 와이프와는 언어 교류를 하려고 소개로 만났어요. 첫눈에 '찌릿'하게 전기가 통했죠. 고향에서 비행기로 18시간이나 떨어진 곳에서 운명을 만났다는 기분에 얼어붙었어요. 우리는 한국 드라마 얘기로 공통점을 찾아갔어요. 프러포즈는 서산의 호수 공원에서 했습니다. 친구와 비밀로 몇 달을 준비한 것 같아요. 지금 저는 한국어 선생님에게 정기적으로 한국어 수업을 받고 있어요. 가족끼리 가르치고 배우는 건 너무 힘들잖아요. 제 꿈은 전망 좋은 곳에 남아공 스타일의 집을 짓는 것인데 와이프는 아파트에서 살고 싶대요. 마당이 있는 집, 언젠가는 꿈이 이루어지겠죠?

요리 이야기

　남아프리카 공화국은 여러 인종이 합쳐진 다문화 국가예요. 아프리카, 인도, 유럽, 아시아의 역사와 문화가 혼합되어 있어요. 공용 언어도 다양해요. 많은 사람들이 영어를 사용하지만 아프리칸스어, 남소토어, 줄루어, 그 밖에도 5~6종의 언어가 쓰여요. 요리도 너무나 다채롭기 때문에 전통 음식을 콕 집어서 말하기가 어려워요. 모든 문화 안에 전통 음식이 있으니까요. 우리 집은 조상의 조상 중에 인도에서 온 사람이 있었대요. 그래서 그런지 커리를 좋아했어요. 양고기, 소고기, 닭고기 등 다양한 조합으로 커리를 만들어 먹었고요.

　'베이크드 빈 커리'는 아빠 엄마가 해 줬던 레시피예요. 할머니가 만드시는 걸 옆에서 보며 연습하고, 학교 끝나고 집에 오면 자주 해 먹었어요. 어릴 때는 요리를 썩 좋아하지도 않았고 시간이 걸리는 음식은 할 줄을 모르니 혼자 쉽게 할 수 있는 요리를 해야 했어요. 이 커리를 만들 때는 순서가 중요해요. 베이크드 빈은 한국에서 부대찌개에 넣기도 하는 콩 조림이에요. 강낭콩을 토마토 소스나 햄, 돼지고기와 같이 넣고 끓여서 졸인 거죠. 남아공에서는 베이크드 빈을 그릇에 부어 그냥 먹기도 하고 빵에 발라 먹기도 하고 옥수수, 감자, 당근 같은 채소나 고기 등에 넣어서 다른 요리를 만들기도 해요. 캔에 담겨 있으니 캔을 따고 부으면 요리가 완성돼요. 누구나 금방 뚝딱 만들 수 있어요.

남아프리카 공화국의 식사 예절 — 남아프리카 공화국은 다인종 국가라 가정마다 식사 문화도 달라요. 만약에 초대를 받아서 가면 반드시 가만히 앉아 있어야 해요. 남아공에서는 집에 오는 손님을 아주 귀하게 여기거든요. 한국에서는 음식 준비나 정리를 같이 돕지만 남아공에선 손님이 음식을 나르거나 설거지를 해서는 절대 안 돼요. 우리 집에선 어른이 식사 준비를 해 주시면 어린이들이 뒷정리를 도왔어요. 스테이크, 샐러드, 카레 등을 만들어 가운데 두고 뷔페처럼 앞접시에 자기가 먹을 만큼 덜어 먹어요. 음식에 따라서 쓰는 도구가 다른데, 스테이크를 먹을 때는 포크와 나이프를 쓰고, 피자는 보통 손으로 먹어요. 우리 가족은 인도계라서 브리아니(볶음밥)나 카레를 먹을 땐 손으로 먹기도 해요. 더럽다고 생각하지 않아요. 난을 찢어서 그릇에 묻은 카레를 싹싹 긁어 먹기엔 손이 제격이랍니다.

재료

- 베이크드 빈 한 캔
- 양파 반 개
- 가람 마살라 1티스푼
- 칠리 파우더 1티스푼
- 기름

- 카레 잎
- 카다멈 작은 티스푼
- 화향 씨 1티스푼
- 토마토 퓌레(있어도 되고 없어도 됨.)

만드는 법

1) 양파를 작은 조각으로 다진다.

2) 기름을 두르고 중간불로 데우고 양파를 넣고 황금색으로 될 때까지 볶는다.

3) 양파가 황금색이 되면 모든 양념을 넣고 1분 정도 볶는다.

4) 여기에 베이크드 빈을 넣는데, 묽어 뻑뻑한 소스를 원하면 토마토 퓌레를 2 테이블 스푼 넣어 준다.

5) 골고루 잘 섞어 준다.

6) 중간불로 1분 정도 둔다.

7) 원하면 남은 순살 치킨을 넣어도 된다.

맛시게 드십시오.

나만의 요리 비법 Tip

본능을 따르세요. 그리고 새로운 것에 도전하는 데 두려워 마세요. 그게 배우는 거예요. 실수가 있으면 거기서 배워요. 실수할수록 잘 배워요.

안녕하세요~ 저스틴입니다. 오늘은 제가 즐겨 먹은 '베이크드 빈 커리'를 만들어 보겠습니다.

우선 요리 재료를 소개합니다.

카다멈, 화향 씨

토마토 퓌레

칠리 파우더

가람 마살라

베이크드 빈

양파

순살 치킨

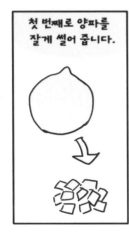

첫 번째로 양파를 잘게 썰어 줍니다.

팬에 기름을 두르고 양파가 황금색이 될 때까지 볶아 줍니다.

양파가 황금색이 되면 모든 양념을 넣고 볶아 줍니다.

2MIN

1부. 정성껏 건네는 맛깔스러운 인사: 메인 요리

여기에 베이크드 빈을 넣는데

뻑뻑한 소스를 원하면 토마토 퓌레 2테이블 스푼을 넣으면 됩니다.

골고루 잘 섞어 주기

중간 불로 10분 정도 두기

원하시면 남은 순살 치킨을 넣어도 됩니다.

얼마나 맛있게요?

© 박태희

베이크드 빈 커리　17

누구도 흉내 못 내는
엄마표 찹쌀 소시지
샹창

很吃好!

딩펑잉
丁凤迎

중국
르자오

중국 산둥성 르자오가 제 고향이에요. '르자오'는 햇빛이라는 뜻이에요. 제일 먼저 해가 뜨는 곳이고 바다랑 가깝습니다. 어린 시절에 엄마랑 만평구라는 바다에 많이 가 봤어요. 해수욕장에서 엄마는 할머니랑 같이 소라를 잡았어요. 돌이 없고, 넓고 깨끗한 백사장과 아름다운 바다 풍경이 펼쳐진 이곳은 일출로 유명해요. 지금은 관광지로 많이 알려졌지만 어렸을 때는 주로 주변 지역 사람들이 놀러 왔었어요. 해변에 놀이공원이 있는데 긴 롤러코스터를 타는 날엔 정말 신이 났죠. 산둥성에는 바다뿐만 아니라 산도 있어요. 크고 작은 산이 4,000여 개나 있는데 타이산과 우롄산이 유명해요. 타이산은 '태산이 높다 하되 하늘 아래 뫼이로다'로 시작하는 양사언의 시조에 나오는 그 태산입니다. 우롄산은 기암괴석이 멋지고 광명사라는 큰 절도 있어요.

부모님은 사과 농사를 지었어요. 돼지도 제법 많이 키웠고요. 하얀 사과 꽃이 피기 시작하면 온 가족이 과수원에서 일손을 보태느라 정신이 없었어요. 한 나무에 너무 많은 사과가 달리면 사과 알이 작아지니까 꽃도 따 주고 열매도 솎아 줘야 해요. 수확이 끝나면 엄마가 고생했다면서 남은 사과를 깎아 주면서 모두 모여 오순도순 이야기를 했어요. 부모님 두 분 다 노래를 잘하셔서 그런지 저도 어렸을 때부터 노래를 많이 들었고 부르는 것도 좋아했어요. 제가 엄마가 되고 나서는 딸이 어렸을 때 「꼬마 흰 토끼」라는 노래를 많이 불러 줬어요. 작고 예쁜 딸이 너무나 귀여워서 흰 토끼 같았죠. 이제 제법 컸지만 제 눈에는 여전히 작은 토끼 같답니다.

르자오는 한국과 날씨가 거의 비슷해요. 눈이 올 정도는 아니지만 겨울에는 몹시 춥습니다. 온돌 같은 난방 시스템이 없어서 밖도 춥고 안도 춥죠. 한국처럼 반팔로 집 안을 돌아다닐 일은 없어요. 대신 겨울이 좀 짧아서, 참고 견디다 보면 봄이 찾아와요. 날씨가 추워지면 늘 엄마가 해 주시던 소시지가 생각나요. 가족들이 모여 음식을 먹던 풍경이 기억 속에 선명하게 남아 있어요. 그때 먹었던, 누구도 흉내 낼 수 없는 엄마표 찹쌀 소시지를 소개하고 싶어요. 소시지는 제가 제일 좋아하는 음식 중 하나예요. 한국식으로 말하면 순대죠. 샹창은 찹쌀이 들어가서 부드러운데 훈제를 해서 만드니 향기도 좋아서 한국의 삼계탕 같은 맛도 나요.

겨울이면 우리 집은 소시지 만들기로 부산스러웠어요. 손님들을 잔뜩 부르고 엄마는 시장에 가서 수육용 고기, 돼지 창 같은 재료를 사오셨어요. 돼지 창을 소금에 박박 씻어 실로 묶고 나면 그 안에 마늘, 대추, 찹쌀 같은 재료를 채우는 걸 도와드렸어요. 온 식구가 배부르게 먹을 만큼 가득 속을 채웠습니다. 엄마는 할머니에게 이 음식을 배웠는데, 할머니의 소시지에는 찹쌀이 꼭 들어갔다고 해요. 손님들이 먹고 남은 소시지는 그냥 뚜껑을 덮어서 주방에 놔둬도 괜찮았어요. 며칠을 두고 먹었죠. 가난했지만 할머니, 부모님, 친척들이 모두 모여 소시지를 함께 먹으며 어른들은 마작을 하고 아이들은 노래를 부르고 다들 크게 웃었어요.

중국의 식사 예절 ― 제가 어렸을 때는 어른이 먼저 식사를 시작하고 젊은 사람들은 기다렸어요. 손님이 오면 평소 이용하는 식탁에 원형 회전 식탁을 올려놓아 여러 사람이 식사할 수 있도록 준비합니다. 다른 사람이 음식을 덜고 있을 때는 차례를 기다려요. 식사를 하면서 술을 마시기도 합니다. 한국은 빈 잔에 술을 따르지만 중국은 얼마가 남아 있는 잔을 항상 가득 채워 줘요. 잔을 비게 하는 건 예의가 아니라서 계속 첨잔을 합니다. 술을 계속 따라 준다고 한국처럼 다 마시면 큰일납니다.

만드는 법

① 돼지 창을 씻는다.

② 돼지 창 안에 마늘, 대추, 인삼, 찹쌀 재료를 다 넣습니다.

③ 내장을 채우고 끝을 실로 묶습니다.

④ 재료를 넣은 돼지 창을 냄비에 넣고 삶아 끓입니다.

나만의 요리 비법 Tip
소시지에 찹쌀을 꼭 넣어야
부드럽고 맛있답니다.

누구도 흉내 못 내는 찹쌀 소시지 만들기. 시작해 볼까요? 먼저, 재료는 아래와 같이 준비해 주세요.

찹쌀 소시지 재료!

☆ 할머니께서는 찹쌀을 꼭 넣으셨어요.

1. 돼지 창 2. 마늘 3. 인삼 4. 대추 5. 찹쌀 6. 묶는 실

첫 번째로 돼지 창을 소금에 박박 문질러 깨끗하게 씻어 주세요.

싸 ㅡ

← 소금

깨 ㅡ 끗

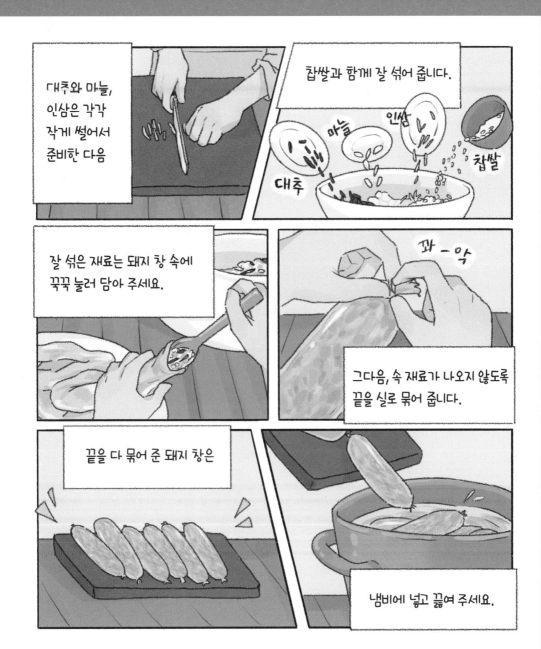

상창 23

온 식구가 모여 소시지를 함께 먹으며
즐거운 시간을 보냈어요.

제 추억이 듬뿍 담긴
찹쌀 소시지,
여러분도 만들어 보세요!

© 김연우

함께 모여
풍성하게 차리는
팔로프

Yoqimli ishtaha.

소비트하노바 사이다
Sobitkhanova Saida

우즈베키스탄
나망간

제 가족은 엄마와 언니 두 명이었어요. 엄마는 학교 선생님이셨는데, 엄마와 같은 학교에 다니다 보니 공부를 안 할 수가 없었죠. 친구들과도 잘 지냈고 너무 좋으셨던 선생님들도 아직 생각이 나요. 남편과는 아는 언니 소개로 만났어요. 한국에 와 있는 언니도 만나고 관광도 할 겸 왔었어요. 그때 남편을 만났고 남편이 나중에는 우즈베키스탄으로 저를 찾아왔어요. 결혼 허락을 받을 때까지 우리 집에 드러누웠었답니다. 어느새 두 아이가 초등학생이 되었네요. 남편이 정말 다정해요. 청소도 하고 밥도 하고 아이들이 어릴 때는 아기를 저한테 안 줬어요. 너무 잘 봐 줬죠. 절 정말 사랑하나 봐요.

제 고향은 이곳 서천과 날씨가 비슷해요. 가을, 겨울은 똑같고 여름은 조금 짧고 비가 거의 안 와요. 우즈베키스탄은 다문화 다민족 국가예요. 우즈베크족이 대부분이고 타지크족, 한국인도 많이 살아요. 우즈베키스탄은 솜이불 속에 넣는 하얀 목화의 세계 4대 생산국이에요. 타슈켄트는 목화로 유명하죠. 목화 수출로 돈을 많이 벌어요. 러시아 영향도 있지만 이슬람 문화권이라 할머니 할아버지 세대들은 음식을 손으로 드세요.

처음 한국에 와서는 이곳 음식을 잘 못 먹었어요. 지금은 너무 잘 적응해서 집에서는 우즈베크 음식을 자주 안 할 정도예요. 저는 책을 좋아하는데 도서관이 멀어서 자주는 못 가요. 언니가 우즈베크 말로 된 책을 우편으로 보내 주기도 하고 휴대폰으로 전자책을 부기도 해요. 너무 편리하고 좋아요. 심리학 책을 좋아하지만 책도 편식하면 안 되니까 역사, 예술, 소설 등 분야를 가리지 않고 읽습니다.

요리 이야기 ────

팔로프는 우즈베키스탄에서 즐겨 먹는 요리예요. 옛날부터 먹던 전통 요리죠. 결혼식 날에도 먹고 축제 때나 사람들이 모임을 할 때 제일 많이 만들어서 먹는 비싼 요리예요. 우즈베크을 대표하는 음식이기 때문에 그곳으로 여행을 가면 어디에서도 쉽게 먹을 수 있어요. 볶음밥처럼 생겼지만 한국보다 비싼 재료가 많이 들어가요. 한국은 밥을 해서 볶는데 우즈베크에서는 생쌀에 채소, 고기를 넣고 한꺼번에 오래 볶아요. 마늘도 들어가고 고기 종류로는 양고기, 소고기, 말고기까지 들어가요. 양고기보다 소고기를 더 많이 넣어요. 말고기는 비싸서 소시지처럼 요리해서 볶음밥 옆에 따로 놓거나 접시에 둥그렇게 보기 좋게 놔요. 말린 포도 엄청 많이 넣어 만들어요. 안 들어가는 재료가 없어요.

할머니가 "다들 모여라." 하시면 삼촌들, 이모들, 가족들이 모두 모여 팔로프를 요리해요. 한 50명쯤 모이는 것 같아요. 이모는 채소, 삼촌은 고기, 이런 식으로 각자 조금씩 재료를 준비해 옵니다. 팔로프는 시간도 오래 걸리고 만드는 데 힘도 들어서 남자들이 필요해요. 1시간은 넘게 저어야 하거든요. 여자들이 재료를 준비하면 남자들이 팔을 걷어붙이고 팔로프를 만듭니다. 어쩌면 팔로프는 남자들의 요리예요. 우즈베키스탄을 대표하는 요리에는 '샤슬릭'도 있어요. 양고기나 소고기를 크게 썰어서 아주 긴 쇠꼬챙이에 꿰어 굽는 요리예요. 한국을 대표하는 김치처럼 우즈베키스탄에서는 팔로프와 샤슬릭이라고 하면 누구나 알고 어려서부터 많이 먹어요.

우즈베키스탄의 식사 예절 — 전통적으로 옛날 사람들은 밥 먹을 때 기도도 하고 감사 인사도 했어요. 어른이 먼저 식사를 시작해야 아랫사람이 따라 먹고요. 우즈베키스탄에서는 밥 먹을 때 대부분 조용해요. 이야기도 잘 안 해요. 아침, 점심, 저녁 언제나 뜨거운 차 '차이'가 나와요. 어렸을 때는 더운 날씨에 왜 뜨거운 차이를 마시는지 궁금했어요. 나중에 안 사실인데 음식이 매우 기름지니까 차이를 마신다고 해요. 한국 사람들은 매운 걸 먹으면 코도 풀고 그러는데 우즈베키스탄에서는 가족끼리 밥 먹을 때도 절대 코를 풀지 않습니다. 소리 내지 않고 먹는 게 매너죠.

재료

소고기 1kg, 양파 1개, 당근 6개, 마늘 4쪽, 조란 2스푼
메추리알 10개, 메주콩 300g, 기름(큰 국자 2국자), 소금,
쌀 2kg

만드는 법

솥에 기름을 2국자 넣고 양파 썰어넣고 고기랑 같이 볶는다.
당근 채썰어넣고 소금 간은 하고 같이 볶는다.
다음 물을 짜작자작 넣는다. 메주콩, 마늘 넣고 조란풀고
끓인다. 그다음 쌀을 넣고 30~40분간 중불에
익힌다. 마지막 팔로쯔 위에 삶은 메추리알을 넣고
드십니다.

나만의 요리 비법 Tip
비싼 재료를 많이 넣을수록
맛이 좋답니다.

저는 선생님인 어머니 밑에서 자랐습니다. 그래서 공부를 좀 잘했죠.

한국에 있는 아는 언니를 만나러 관광차 한국에 왔어요.

그렇게 언니의 소개로 지금의 남편을 만났어요.

제 남편은 가정적인 사람이에요. 청소도 잘하고, 밥도 다 해 주고, 애들도 잘 돌보고 날 엄청 사랑하나 봐요.

100   100   100

서천과 우즈베키스탄은 날씨가 비슷해요. 여름이 짧고, 비가 적게 내려요.

우즈베키스탄

서천군

그리고 처음엔 한국 음식을 잘 먹진 못했어요.
물론 지금은 잘 적응했지만~ ^-^

~ 매운 내 ~

1부. 정성껏 건네는 맛깔스러운 인사: 메인 요리

그래서 종종 우즈베키스탄 음식이 생각났어요.

샤슬릭이랑 팔오즈...

흐음

팔로프는 집에서 다 같이 모여 먹는 음식이에요.

할머니가 모두 모이라 하면~

여자들은 재료를 준비하고

남자들은 요리를 해요.

그리고 식탁에 둘러앉아 함께 맛있게 먹어요.

그럼 팔로프는 어떻게 만들까요? **같이 만들어 볼까요?**

우즈벡 전통 요리!

소비트하노바 샤이다 씨

팔로프의 재료를 준비합니다.

소고기 1kg
양파 3개
당근 6개
쌀 2kg
마늘 4쪽
후추 2스푼
매추리알 10개
메추콩 300g
기름 2국자

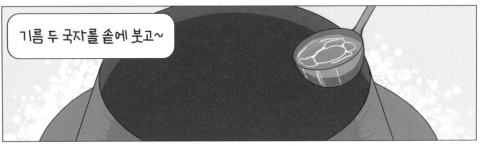

기름 두 국자를 솥에 붓고~

양파와 당근을 채 썰고,

서컥

고기를 잘게 썰고~

1kg 모두 썰기!

솥에서 볶습니다.

그다음 소금 간을 하고

물을 자작히 넣어요.

메주콩

마늘

즈란을 넣고

팔팔~ 끓여 줍니다.

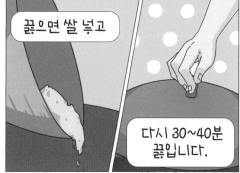

끓으면 쌀 넣고

다시 30~40분 끓입니다.

이후 요리를 꺼내 접시에 옮기고, 삶은 메추리알을 올려 주면 완성~

© 송홍희

팔로프

단짠단짠 닭다리 요리
샤오 까이

我地食飯喇
(My Local Food)

시우킷이
蕭潔怡

중국
홍콩

1부. 정성껏 건네는 맛깔스러운 인사: 메인 요리

홍콩은 크게 세 지역이 있어요. 가우룽, 산가이, 홍콩 섬이에요. 저는 빌딩 숲에 둘러싸인 췬완구에 살았고 간호사로 일했습니다. 한국 온 지 이제 딱 3년 됐네요. 2015년에 휴가로 간 영국 여행에서 한국 친구를 만났어요. 전화번호도 서로 교환해서 연락을 하고 지냈고 그때부터 한국에 대해 관심을 갖게 되었어요. 하지만 드라마나 영화를 찾아서 보는 정도였고, 한국어를 배우고 싶은 마음은 없었어요.

그런데 홍콩으로 돌아와 반복되는 생활에 지쳐 있던 어느 날, 영국에서 만난 친구가 지금의 남편을 소개해 줬어요. "시우킷이, 이 사람 어때, 만나 볼래?"라며 친구가 인터넷으로 보내 준 사진을 처음 보았을 때부터 그 사람이 마음에 들었어요. '오케이, 지금이야! 한국어를 배워야겠어!' 그렇게 저는 한국어를 배우기 시작했어요. 사진 속 주인공이었던 남편과는 처음엔 그냥 친구로 만났어요. 하지만 점점 좋아졌고, 그 후 장거리 연애를 시작해서 홍콩과 한국 사이의 데이트를 이어 갔어요. 2년 반 동안 만나면서 점점 멀리 멀이져 있는 게 힘들어졌고 결국 "이건 아니야, 우리 결혼하자!" 프러포즈를 받았어요. 그렇지만 홍콩에서의 삶을 정리하기가 쉽지 않아 고민이 많았어요. 제일, 제 가족들을 두고 한국에 가야 할지, 말아야 할지 많이 망설였어요. 결국 병원 일을 정리하고 한국에 살게 되었네요. 남편을 사랑해서 여기 왔어요.

샤오 까이는 홍콩 집에서 자주 먹던 요리예요. 한국의 간장 찜닭이랑 비슷해요. 어렸을 때부터 엄마가 우리한테 자주 만들어 주셨고 나중에 자라서는 쉽게 배웠어요. 그래서 금방 생각이 났어요. 저희 엄마는 요리를 정말 잘하세요. 하지만 저는 엄마 요리를 먹기만 했지 잘 배우지는 못했어요. 한국에 와서 엄마의 샤오 까이가 그리워서 제가 두 번 만들어 먹어 봤어요. 맛이 괜찮긴 했는데 엄마 것과는 조금 차이가 있죠.

재료로 닭다리와 요리용 술, 소금, 간장, 마늘, 생강, 그리고 설탕, 파가 필요해요. 순서대로 닭다리 양념을 먼저 해요. 요리용 술 그리고 소금 조금 넣고 20분 둔 뒤에 프라이팬에 닭다리 양쪽을 구워요. 3~4분 정도 껍질이 노란색이 되도록만 구우면 돼요. 그리고 소스를 만들어요. 물 300밀리리터, 간장 200밀리리터를 넣고 끓으면 생강, 마늘을 넣어요. 그 후 닭다리를 넣고 뚜껑을 덮고 중간 불로 15~20분 정도 계속 끓여요. 그러고 나서 설탕이랑 파를 넣어요. 설탕은 그냥 조금씩 넣어 보며 맛을 맞춰요. 노두유 색깔이 진해서 보기 좋기 때문에 물이랑 간장이랑 같이 넣어야 해요. 따로 채소는 안 들어가요. 진짜 닭다리만 넣죠. 한국에는 노두유가 없어서 홍콩 걸 사서 만들어야 해요. 최근에는 마트에서 비슷한 걸 팔지만 홍콩 노두유로 만들어야 원래 샤오 까이 맛이 제대로 나요. 한국 찜닭은 저한테는 좀 매워요. 한국 음식은 대체로 달고 맵더라고요. 그래도 좋아하는 한국 음식이 많아요. 여기 와서 처음 먹어 본 떡볶이도 좋아하고 치킨이나 삼계탕도 좋아요. 김치찌개도 잘 먹습니다.

홍콩의 식사 예절 — 어려서 엄마가 제일 신경 쓰신 부분은 쩝쩝거리면서 먹지 말라는 거였어요. 저뿐만 아니라 남자들에게도 밥 먹을 때는 예의 바르게 앉고 소리 내지 말고 씹으라고 당부하셨지요. 특히 트림 소리는 질색하셨어요. 홍콩 사람 대부분 오른손에는 수저를 들고 왼손으로 밥그릇을 들고 먹어요. 오른손 왼손 바꿔 들어도 상관없어요.

재료　닭 다리 2 개, 술, 소금, 간장, 마늘,
생강, 설탕, 파, 노두유

만드는 법
1. 닭 다리 양념
   술 한 스푼. 소금 약간 넣은 후 조물 조물
   하고 20 분 기다리기
   프라이팬에서 닭 다리 껍질 노릇해지게
   약간 굽기
2. 소스 만들기
   물 300 ㎖. 간장 200 ㎖. 노두유 끓이고
   생강. 마늘 넣기
3. 닭 다리 넣고 중간 불 조절 후 계속
   끓이기 뚜껑 덮고 10~25 분 정도
4. 마지막에 설탕. 파 넣기

나만의 요리 비법 Tip

닭다리를 사용하면
식감이 더 부드러워요.
제일 중요한 것은 불 조절이죠.
노두유는 아시아 마켓에만 있었는데
요즘은 일반 마트에서도 구할 수 있어요.

2015년, 휴가로 영국 여행을 갔습니다.

전 홍콩에서 간호사로 일하는
시우킷이입니다.

그곳에서 한국 친구를 사귀고, 그때부터 한국에 관심을 갖게 되었어요.

휴가가 끝나고 홍콩으로 돌아온 어느 날~
한국 친구가 지금의 남편을 소개해 주었답니다.

1부. 정성껏 건네는 맛깔스러운 인사: 메인 요리

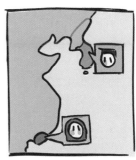

한국어 공부

그때부터 한국어를 배우고, 쉽지 않은 장거리 연애를 시작했고,

2년 후

서천

2년 후에 결혼식을 올렸어요. 지금은 서천에서 살고 있지요.

찜닭

샤오 까이

한국엔 찜닭 홍콩엔 샤오 까이.
비슷하지만 다른 매력의 요리예요.
어릴 때 엄마가 자주 해 주셨어요.

레시피 책

샤오 까이

안 드는 법

샤오 까이 만드는 법

시우킷이표 샤오 까이 만들기

노두유를 사려면 아시아 마켓에 가면 돼요!
TiP

닭다리를 사용하면 좋아요!

재 료 준 비

닭다리　맛술　소금　물300ml　간장200ml　노두유　생강　마늘　설탕　파

조 리 시 작

一 닭다리에 술 한 스푼, 소금 약간 넣기

二 손으로 조물조물하기

1부. 정성껏 건네는 맛깔스러운 인사: 메인 요리

㊂ 20분 기다리기　㊃ 프라이팬에서 닭다리 껍질 노릇하게 굽기　㊄ 센 불에 물, 간장, 노두유 끓인 후에 생강, 마늘 넣기

㊅ 소스에 양념된 닭다리 넣기　㊆ 중간 불로 바꾸기　㊇ 뚜껑 덮고 10~25분 정도 끓이기

㊈ 파, 설탕 넣고 완성!!

ʕ˙ᴥ˙ʔ

© 김지윤

샤오 까이　41

일상의 음식이 주는 위로
아도보

가날 엘리사
Ganal Elisa

**필리핀
누에바에시하주**

KUMAIN PO KAU NG MARAMI
(많이 드세요.)

친구의 언니가 소개를 해 줘서 남편을 만났어요. 13년 전에 결혼해서 한국에 오게 되었고요. 첫아이는 9살, 둘째는 8살. 아이가 둘인데 남편이 작년에 세상을 떠났어요. 남편이 보고 싶어서 많이 울어요. 하느님께 도와주세요 하고 기도를 올리면 옆에서 애들도 같이 울어요. 남편 없이 혼자 아이들을 키운다는 게 너무 어려워요. 전에는 바리스타 공부를 해서 카페에서 일했어요. 그런데 아이들이 또래보다 한국말이 늦다고 해서 지금은 일을 그만두고 우선 집에서 애들을 돌보고 있어요. 9살 딸이 저보다 한국말을 더 잘해서 저는 아이들이 한국말을 잘하는 줄 알았어요. 그런데 그게 아니었나 봐요.

제가 외국인이고 아빠도 없다 보니 아이들이 한국말을 제대로 못 하고, 그래서 주변에서 다들 걱정을 하세요. 제가 아이들 공부도 시키고 한글도 가르쳐 줘야 하는데 쉽지가 않아요. 아이들이 학교에서 가정 통신문을 가져와도 무슨 뜻인지 이해를 못 하니까요. 그럴 때마다 남편 생각이 너무 납니다. 딸은 일찍 철이 들었어요. 엄마가 돈이 없다는 것도 알고, 하고 싶은 것이 있어도 참아요. 아파도 아프다는 말을 안 해요. 그런 걸 볼 때마다 저도 아파요. 여기 가슴이 아파요.

요리 이야기 ────────────────

　제가 소개해 주고 싶은 요리는 아도보예요. 아도보는 필리핀에서 흔하게 먹는 음식이에요. 고기를 간장에 조려서 만들기 때문에 장조림이랑 비슷하다고 보시면 돼요. 돼지고기를 넣어서 만드는데, 우리 고향집은 부자가 아니어서 고기는 많이 못 넣었어요. 주변에서 구할 수 있는 채소를 주로 넣고, 비싼 재료는 못 넣었지만 그래도 맛있었어요. 엄마가 만들어 주시는 걸 보며 저도 배웠어요.

　요리하는 방법은 별로 안 어려워요. 일단 간장, 마늘, 고기를 냄비에다 넣고, 그 다음에 물을 부어서 뚜껑을 닫고 40분에서 60분 정도로 오래 끓여요. 그리고 식초를 넣어야 해요. 소금도 조금 뿌려야 하고요. 그러고 다시 15분 동안 끓여 내면 완성돼요.

필리핀의 식사 예절 ─ 음식을 입에 가득 넣고 이야기하는 것은 삼가야 해요. 무례하고 예의 없는 행동으로 여겨서 상대가 불쾌해 할 수 있어요. 태국 사람들은 식사 후에 트림을 하는 것을 음식이 아주 맛있었다는 의미로 생각하니 개의치 않아도 돼요. 누군가 음식을 권유할 때 거절하지 않는 것도 예의예요. 정말로 먹기 힘든 음식이라면 다른 음식이나 다른 차를 마시겠다는 식으로 돌려서 말하는 것이 좋고 되도록 딱 잘라서 거절하지는 마세요.

재료

돼지고기, 간장, 마늘, 물, 식초, 조금

만드는 법

1. 돼지고기, 간장, 마늘을 섞는다.
2. 냄비에 넣고 졸인다.
3. 물을 넣고 뚜껑을 닫은 뒤 40분에서 60분 정도 기다린다.
4. 식초를 넣는다.
5. 싱거우면 소금을 넣는다.
6. 후추를 조금 넣는다.
7. 15분을 기다린다.
8. 완성!

나만의 요리 비법 Tip
제가 필리핀 집에서
먹었던 것처럼 돼지고기 없이
채소만 넣어도 맛있어요.

우리는 아도보를 만들어 볼 거예요.

요리 재료

* 물   * 후 추
* 간 장   * 소 금
* 식 초   * 마 늘
* 돼지고기

우선 돼지고기와 마늘을 섞어 주고

간장을 부어 줘요.

조금씩 졸여 준 뒤에

간장 1 : 1 물

아까 넣은 간장과
같은 비율로 물을 넣고

40~60분
끓여 줘요.

식초를
조금만 넣어 주고~

취향껏
후추와 소금을
넣어 줘요.

이제 15분 정도 끓여 주면

아도보

완성

© 안지훈

색과 향이 가득한 요리
깽 키아오 완

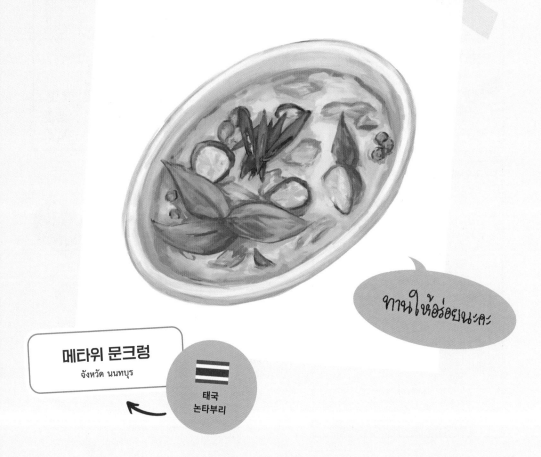

메타위 문크렁

จังหวัด นนทบุรี

태국
논타부리

저는 한국에 2022년 2월 20일에 왔어요. 온라인으로 한국어와 한국 문화 수업을 듣고 영어 공부도 하고 있지만 한국말이 어려워서 아직 말을 잘 못해요. 제가 한국어를 자유자재로 할 수 있다면 이야기를 더 많이 할 수 있을 텐데 아쉬워요. 저는 방콕에서 차로 1시간 정도 떨어진 논타부리라는 곳에서 왔어요. 저희 집은 문을 열고 나가면 바로 짜오프라야강이 있어요. 언제나 꽃과 나무가 가득하고 집 앞에서 수영도 바로 할 수 있었죠. 논타부리는 아름다운 강도 유명하지만 맛있는 과일도 많아요. 4월에는 과일 페어가 열려서 싸고 맛있는 과일을 많이 먹을 수 있어요. 특히 두리안이 유명한데, 다른 과일에 비해 비싸지만 환상의 맛이에요. 논타부리에서는 태국 곳곳에 팔려 나가는 두리안을 키워요. 망고, 망고스틴, 바나나 같은 건 정말 싸게 먹을 수 있답니다. 태국에서 먹던 과일을 한국에서 사 먹으려니 너무 비싸요. 대신 태국에서 볼 수 없는 귤이나 사과 같은 과일이 맛있죠.

태국의 저희 집은 빅 패밀리였어요. 저와 엄마, 이모 두 명, 이모부 두 명, 조카 두 명이 있는데 다들 옆집에 살아서 좋았어요. 이모부 한 분은 정원사이시고 다른 이모부는 회사에 다니세요. 조카들은 벌써 중학생이 되었네요. 우리 가족은 매일 아침을 항상 함께 준비해서 먹었어요. 가족이 많으니 청소도, 음식도 같이 하고 일도 분담해서 했답니다. 보통은 출근 전에 엄마와 이모들이 일찍 일어나 함께 식사 준비를 하시는데 저도 요리하는 걸 좋아해서 자주 도와드렸어요. 저는 요리 경연 대회에 나간 적도 있어요. 친구들도 요리를 잘한다고 칭찬을 많이 해 줬어요. 요즘에도 SNS에 한국 요리와 한국 생활을 소개하고 있어요.

제가 소개할 요리는 그린 커리 깽 키아오 완이에요. '깽'은 태국어로 국물 요리를 의미하는데 커리를 뜻하기도 합니다. 깽 키아오 완은 오래된 태국 전통 음식이자 아침, 점심, 저녁 가리지 않고 언제나 먹을 수 있는 요리예요. 태국에는 여러 가지 색깔의 커리가 있어요. 강황을 넣은 노란색, 빨간 고추를 넣은 빨간색, 초록 고추를 넣은 초록색 등이죠. 우리 집은 매콤한 초록색 고추를 돌로 된 절구에 빻아 많이 넣고 맛과 향을 더해요. 옛날에는 직접 빻았지만 지금은 쉽게 푸드 프로세서를 사용하죠. 커리 소스는 집에서 만들거나 캔으로 된 것을 간편하게 구입해서 써요. 깽 키아오 완은 물 대신 코코넛 밀크를 넣어서 국물이 걸쭉한 수프처럼 되도록 해요. 고추, 마늘, 샬롯, 레몬그라스, 라임 껍질 같은 향신료를 함께 넣죠. 이런 식재료는 한국에서 구하기 어려워서 태국 맛 그대로를 내기가 쉽지 않아요. 그래서 올해는 시댁 마당에 여러 허브 식물을 심었는데 너무 잘 자랐어요.

태국에선 식구가 많아 깽 키아오 완도 엄청 많이 만들었어요. 주로 아침에 먹는데, 남 프릭 까삐와 함께 먹으면 특히 더 맛있어요. 남 프릭 까삐는 칠리, 후추, 레몬그라스, 양파, 커민, 코리앤더, 바질, 새우를 으깨서 만들어요. 한국의 된장과 모양이 비슷한데 맛은 전혀 달라요. 맵고 향신료가 많이 들어가요. 태국도 한국처럼 요리를 한꺼번에 모두 차려서 먹어요. 집으로 아몽(스님)이 찾아오거나 우리가 사원에 가는 특별한 날에는 깽 키아오 완을 드렸어요. 태국 사람들 대부분이 불교를 믿어요. 사원에 가서 정성스럽게 요리한 음식, 꽃과 과일을 드리는 것을 큰 기쁨으로 여기죠.

태국의 식사 예절 — 두 손 모아 감사 인사를 하고 개인 접시에 음식을 덜어 먹습니다. 좋아하는 음식만 먹으면 안 되고 골고루 조금씩 떠 먹어요. 식사 중에는 남의 험담을 해선 안 돼요. 젓가락을 그릇에 올려 두는 것은 죽음을 의미하므로 하지 않습니다.

만드는 법

1. 프라이팬에 고기와 코코넛 밀크를 섞는다.
2. 다른 프라이팬에 코코넛 밀크와 깽 키아오 완 크림이랑 같이 섞는다.
3. 설탕과 간장을 넣고 섞는다.
4. 다 같이 섞는다.
5. 야채들을 넣는다.(완두콩, 고추, 잎등)

나만의 요리 비법 Tip
소고기를 넣어 만들면 더 맛있고
면과 함께 먹으면 또 다른 맛이 있답니다.

색과 향이 가득한 요리
깽 키아오 완

프라이팬에 고기와
코코넛 밀크를 넣고 볶아 줘요.

이때
소고기로 만드는 게
더 맛있어요.

또 다른 프라이팬에는
깽 키아오 완 크림을 넣어
볶아 주고

간장과 설탕을 넣어

간 장

설 탕

다 같이 섞어 줍니다.

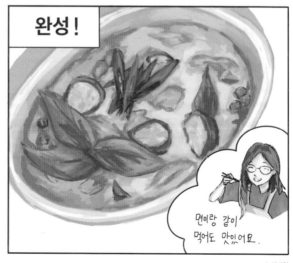

© 김지현

가족 생각이 나는
박칫가이

祝 您 用 餐 愉 快

힌디 최샤오팅

Hindy 崔曉婷

미국
샌프란시스코

저는 충남 서천에 살고 있는 중국계 미국인입니다. 국적은 미국인데 태어난 곳은 중국이에요. 지금은 한국에 살고 있으니 좀 복잡하죠? 18살 때까지 중국에서 살다가 부모님과 여동생, 남동생, 저까지 다섯 식구가 모두 미국으로 이민을 갔어요. 미국에서 학교를 다니던 중에 유학 온 한국 남편을 만나 곧 결혼을 했고요. 미국은 다양한 인종들이 모여 있잖아요. 정확히 설명하긴 어렵지만, 남아메리카나 유럽 쪽 사람들보다는 아시아인이 문화적으로나 정서적으로 저와 잘 맞았던 것 같아요.

　미국에서 첫째와 둘째 아이를 낳았고 아이들이 점점 자라면서 아이들의 정체성 문제와 교육 문제에 대해 남편과 많이 고민하고 이야기를 나누었어요. 둘 다 외국인으로 다른 나라에서 적응하며 살다 보니 느낀 점이 많았거든요. 남편과는 가치관과 인생관이 비슷해서 어떤 일을 결정할 때 의견을 모으고 판단하기가 쉬웠어요. 저희 부부는 앞으로 아이들이 자라서 자신들이 태어난 미국으로 가거나 또 다른 나라에서 살게 되더라도, 어릴 때는 한국에서 키우는 게 좋겠다고 마음 먹었어요. 그리고 한국행 비행기를 탔고, 시부모님이 계신 서천으로 이사 와 아이들을 키우며 살고 있습니다.

요리 이야기

'박칫가이'는 하얀색의 차가운 닭 요리예요. 박칫가이의 '박'은 하얗다, '칫'은 자르다, '가이'는 닭을 뜻해요. 중국 사람이라고 해서 박칫가이를 다 아는 건 아니에요. 제가 살던 광둥 쪽에서 많이 먹는 음식이라서 오히려 홍콩 사람들이 더 잘 알 거예요. 닭이고 하얀 건 같지만 삼계탕이랑은 조금 달라요. 국물을 떠먹는 요리가 아니거든요. 물에 쪄서 익힌 뒤에 기름 양념에 찍어 먹긴 하지만 백숙과도 다르죠. 왜냐면 닭을 익힌 다음에 차갑게 식혀서 먹거든요. 간단한 채소 요리와 같이 먹으면 더 좋아요. 우리 집에서 자주 해 먹던 요리였는데 중국에 살 때도 많이 먹었고 미국에 가서도 엄마가 집에서 해 주셨어요. 근데 한국에 와서는 먹기가 힘들어졌어요. 엄마는 어렵지 않게 요리하시지만 저는 잘 못 만들거든요. 그래서 더 먹고 싶어요.

닭을 자르지 말고 통으로 준비해요. 그리고 물을 뜨겁게 끓여요. 물이 팔팔 끓으면 닭을 잡고 물에다가 5초 정도 세 번 넣었다가 뺐다가 해요. 조금 익은 닭을 꺼내서 차가운 물에 5분에서 10분 정도 담가요. 육수는 생강, 파, 술, 피쉬 소스, 소금을 넣고 끓여요. 육수가 끓고 나면 차가운 물에 있던 닭을 꺼내 이번에는 넣었다 뺐다 하는 게 아니고 아예 다 넣어서 20분 동안 뚜껑을 닫아 익혀요. 닭이 다 익으면 꺼내서 식혀요. 차가울수록 맛있는 요리여서 우리 집은 냉장고에 넣어서 차갑게 해요. 양념은 생강, 파, 마늘을 아주 작게 칼로 다지고 거기에다가 팔팔 끓는 기름을 부어요. 기름 양념이에요. 차가워진 닭을 기름 양념에 찍어서 먹으면 돼요.

중국의 식사 예절 — 중국, 미국, 한국. 저희 집 식탁 위에는 3개의 문화가 공존합니다. 각 나라별로 다양한 변주를 보여 주고 있어요. '入乡随俗', 'When in Rome, do as the Romans do.'처럼 그 고장에 가면 그곳의 풍속을 따라야 합니다. 하지만 식탁 위에 팔꿈치를 대지 않고 바른 자세로 앉아 먹는다거나 맛있는 음식을 제 앞으로 놓지 않는다 같은 공통적인 매너는 세계 어느 곳이나 비슷해요.

재료   닭, 생강, 파, 소금, 마늘, 술, 피쉬소스, 식용유

만드는법 1. 닭을 뜨거운 물에 5초 정도씩 3번 담갔다가
          빼서 1차로 익혀요.
        2. 차가운 물에 5~10분 담가 줘요.
        ─ 쫄깃쫄깃 탱글탱글 씹는 맛이 좋아요.
        ─ 닭 껍질이 잘 안 찢어지고 붙어 있게 해줘요.
          껍질이 있어야 맛있어 보여요.
        3. 생강, 파, 술, 피쉬소스, 소금 넣고 육수 만들어
          서 팔팔 끓여요.
        4. 차가운 물에 있던 닭 꺼내서 끓인 육수에
          넣고 20분 동안 뚜껑 닫아서 2차로 더 익혀요.
        5. 익힌 닭을 냉장고에 넣어서 식혀요. 차가운
          닭 요리니까요.
        6. 닭이 냉장고에 있는 동안에 생강, 파, 마늘을 잘게 다져요.
        7. 기름을 팔팔 끓이고 끓는 기름을 잘게 다진
          재료에 부어서 자작자작하게 만들어요.
        8. 식은 닭을 꺼내서 잘게 다진 야채 들어간
          기름 소스에 찍어서 먹으면 맛있어요. ☺

나만의 요리 비법 Tip
닭을 뜨거운 물에 넣었다 뺐다 하며 익히면
쫄깃쫄깃하고 탱글탱글해져서 씹는 맛이 좋아져요.
또 닭 껍질이 안 떨어져 나가고 붙어 있어서
더 맛있게 먹을 수 있어요.

↑

차가운 닭 요리
박칫가이

먼저 뜨거운 물에 5초 정도씩 3번 담갔다가 빼서 1차로 익혀 줘요.

차가운 물에 5~10분 정도 담가 줘요.

생강 파 소금 술 피쉬 소스

재료들을 넣고 끓여 육수를 만들어 줍니다.

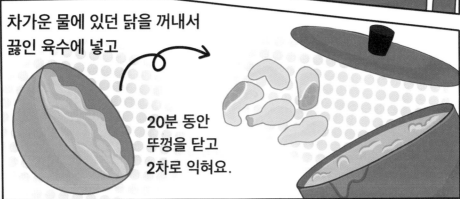

차가운 물에 있던 닭을 꺼내서 끓인 육수에 넣고

20분 동안 뚜껑을 닫고 2차로 익혀요.

익힌 닭을 냉장고에 넣어서 식혀 줘요.

닭을 식히는 동안에 생강, 파, 마늘을 잘게 다져요.

기름을 끓이고
잘게 다진 재료에 부어서
자작자작하게
만들어요.

식은 닭을 꺼내서

아까 만든 기름 소스에 찍어서 먹으면 맛있어요.

박칫가이

완성!

© 전효림

식구들이 모여
왁자지껄 먹던
록락

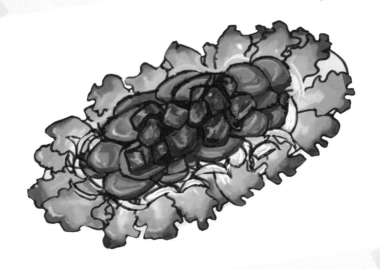

1부. 정성껏 건네는 맛깔스러운 인사: 메인 요리

어린 시절에 엄마는 혼자 아이 셋을 키우셨어요. 이것저것 안 해 본 일이 없으실 거예요. 제가 12살 즈음이었던 것 같아요. 그때는 엄마가 집에서 자전거로 1시간 거리에 있는 곳에서 채소 장사를 하셨어요. 혼자서 자전거를 탈 줄 알게 된 무렵부터는 저도 힘든 엄마를 도와드렸어요. 20살이었던 언니는 프놈펜에 있는 직조 공장에 다녔고 엄마랑 저는 둘이 밤 11시쯤 자전거에 그날 팔 물건을 가득 싣고 시장에 갔어요. 열대 기후라 낮보다는 야시장이 활발하게 열렸거든요. 열심히 달려가면 12시에 도착해요.

프놈펜은 항상 더워요. 비가 많이 오거나 적게 오거나 하는 정도의 차이예요. 사람도 많고 왕궁의 야경도 예쁘고 먹을 것도 많이 팔았어요. 북적이는 관광객들 속에서 엄마는 채소를 팔고 저는 같이 온 옆집 아줌마의 아이들과 함께 놀기도 하고, 엄마를 도와드리기도 했어요. 아침 6시 무렵이면 야시장도 문을 닫아요. 다시 자전거를 타고 집에 오면 7시쯤이 되었어요. 가끔 물건을 팔고 제가 돈을 받으면 엄마 몰래 용돈으로 챙기기도 했죠. 1,000~2,000원 정도의 적은 돈이었는데, 엄마는 알면서도 눈감아 주시곤 했어요. 경제적으로도 풍족하지 않고 고된 상황도 많았지만 가족들이 함께 의지하면서 마음만은 많이 행복했던 시절이었어요.

　　주말이면 언니랑 엄마가 록락을 만들어 줬어요. 소고기를 간장과 피쉬 소스에 절이고 볶은 다음 토마토, 양파, 상추로 만든 샐러드와 곁들여 먹는 음식이에요. 유럽의 스테이크와도 비슷하죠. 소고기를 간장과 피쉬 소스로 양념하는 게 다르지만요.

　　엄마와 언니는 고기를 썰고 채소를 다듬어 요리를 하고 저는 설거지를 담당했어요. 록락을 만들 때는 사촌들도 불렀어요. 저희 식구까지 10여 명이 북적북적하게 모여서 왁자지껄 웃고 이야기를 나눴어요. 그러다 엄마와 언니가 엄청나게 큰 요리 그릇을 들고 오면 모두들 둥글게 앉아서 록락을 먹었지요.

　　한번은 언니가 회사에서 바닷가에 다녀온 이야기를 해 줬어요. 집에서 해변까지는 버스로 3시간 정도 걸리는 먼 곳이라서 저는 그때까지 한 번도 가 보지 못했거든요. 얼마 뒤에 엄마, 언니, 동생, 저는 같이 그 바닷가에 가서 신나게 놀았어요. 수영을 할 줄 몰랐지만 부서지는 파도에 발만 담가도 좋았어요. 맛있는 음식들도 사 먹었는데 새우가 정말 맛있었어요. 코코넛에 빨대를 꽂아 마시며 해변도 걸었죠. 모두 고향을 생각하면 함께 떠오르는 맛들이에요.

캄보디아의 식사 예절 ― 한국과는 달리 캄보디아에서는 후루룩 소리를 내고 먹거나 쩝쩝대면서 먹는 것이 예의라고 하는데요, 어디서 나온 이야기인지 모르겠어요. 우리 집은 소리 내서 먹으면 예의 없다고 혼났답니다.

재료

소고기 50g, 설탕, 미원, 까나리, 상추, 양파, 도마도, 레몬, 오이, 식용유, 참기름, 후추, 소금, 마늘

만드는 법

- 소고기 먼저 설어야돼요. 크게 썰어요.
- 단맛 좋아 하면 설탕넣고 안좋아면 안 넣어도돼요.
- 재료는 다 넣으면 15분 동안 놔 두고
- 모든 야채를 그릇 위에 올려 놔 두고

- 소스 만드는 법: 레몬, 후추, 소금, 설탕, 마늘 섞어요.

- 고기 볶는 법: 프라이팬 뜨겁게 하고 마늘 넣고 고기를 넣어야 해요. 다음에 양파 넣고 이제 다 익었어요.

이제 록락 완성입니다.

나만의 요리 비법 Tip
프라이팬을 뜨겁게 달구고 마늘부터 넣은 뒤에 고기를 볶아야 맛있어요

록락

재료

상추

토마토

소고기

먼저 소스를 만듭니다.

소금과 후추 그리고 설탕을 넣고

액젓과 레몬, 마늘을 넣어 주세요.

소스 준비 완료

그다음은 상추, 양파, 토마토를 각각 썰어 줍니다.

다 썬 채소들을 접시에 세팅을 한 상태로 잠시 놔둡니다.

다음으로는 고기를 썰어 줍니다.

다 썬 고기를 그릇에 담아 주고

아까 만들었던 소스를 고기에 부어 줍니다.

소스와 썬 고기를 잘 섞어 줍니다.

그다음 고기를 프라이팬에 볶아 준 다음

다 익히고 아까 세팅한 채소 위에 예쁘게 올려 주면~

완 성

록락

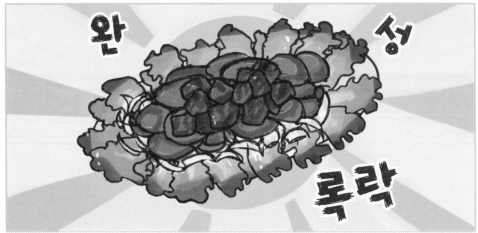

© 안으리

어느새 친숙해진 한입
간식

브라우니 _ 샤메인 콤프턴(미국)

오코노미야키 _ 가나이 요우코(일본)

반미 _ 응우 후인 ㄴ(베트남)

팔라펠 _ 지난 사예드 요세프(시리아)

달달 촉촉
브라우니

Enjoy Your Meal

샤메인 콤프턴

Sharmain Compton

미국
오하이오주

저는 남아프리카 공화국의 케이프타운에서 살다 1990년에 미국 오하이오로 이주하였습니다. 케이프타운은 한국의 부산처럼 바닷가가 있는 곳이고 오하이오는 미국 북동부 내륙에 위치해 자연이 멋있는 곳입니다. 구글과 관련된 데이터 작업을 하는 것이 제 직업이고, 한국에는 파견 근무를 왔습니다. 미국에 남편과 외동아들을 두고 혼자 한국에 와서 지내고 있고 처음엔 한국어를 하나도 할 줄 몰랐는데 생활하며 조금씩 익히게 되었어요. 한국은 안전하고, 한국 사람들은 친절해요. 서툴더라도 제가 한국어를 하면 매우 좋아해 주죠. 미국과는 다르게 차로 운전하면 어디든 금방 갈 수 있는 점도 좋고 곳곳에 산이 있어서 아름다워요.

저는 요리와 베이킹을 좋아하고 항상 남들과 나눠 먹다 보니 별명이 '빅마마'가 되었어요. 보통 일주일 동안 먹을 요리를 주말에 한꺼번에 해요. 브라우니, 쿠키, 라자냐 같은 걸 만들어서 얼리거나 냉장고에 넣어 놓고 주중엔 그냥 데우기만 해서 먹는 거죠. 미국 집에서 반려동물을 키웠는데 여기서는 혼자 있다 보니 길고양이 밥을 주거나, 친구네 강아지 산책을 대신 시켜 주기도 해요. 사람들과 나누면서 얻는 행복이 무엇보다 좋습니다. 언젠간 고국에 돌아가겠지만 한국에서의 추억과 삶은 잊지 못할 거예요. 이제 인생의 숙제로 남은 건 아들이 결혼해서 독립하는 것과 제 남은 인생을 남편과 함께 건강하게 사는 것이에요. 아들이 나중에 여행을 가거나 다른 나라를 경험하고 싶다면 한국을 추천할 거예요.

브라우니는 미국 사람들에게 없어선 안 되는 디저트예요. 한국의 믹스커피 같다고 할까요. 달고 입안에서 묵직하게 씹히는 건 한국의 약과와도 비슷하죠. 미국의 소울 푸드라고 하면 치킨 수프나 바비큐 윙 같은 걸 떠올리지만 저에게는 단연 브라우니예요. 원래 저는 할머니의 브라우니 레시피를 사용했어요. 그러다가 건강에 관심이 생기면서 설탕 대신 사탕수수로 만든 대체 당을 넣거나 건조 과일을 넣어서 덜 달게 레시피를 조금 수정했어요. 우리 할머니는 고집도 세고 시집살이를 꽤 시키는 깐깐한 분이었지만 외식을 엄청 싫어하시고 모든 걸 집에서 만들어 드실 정도로 요리 솜씨가 좋으셨어요. 어린 저에게 초콜릿 쿠키, 팬케이크, 브라우니처럼 간식을 엄청 만들어 주셨죠. 브라우니는 누구나 쉽게 만들 수 있어서 특히 신경 쓸 일은 없지만, 오븐의 온도를 너무 높게 잡으면 타 버려요. 오븐을 사용할 땐 예열을 하는 게 중요하고 오븐에서 브라우니를 꺼낼 땐 팬이 매우 뜨거우니 손을 조심해야 해요.

제 브라우니는 쫀득해서 우유랑 먹거나 커피랑 먹기에 딱이에요. 브라우니는 모양이 망가져도 괜찮아서 도시락 통에 담아 공원이나 놀이터에 가져가서 아들이 놀다가 오면 하나씩 쥐여 주곤 했어요. 보통 때는 브라우니만 담아 주다가 특별한 날이나 칭찬 받을 일을 하면 브라우니 위에 아이스크림을 얹어 주기도 했죠. 한국 사람들은 미국 사람들만큼이나 디저트와 커피를 좋아하는 것 같아요. 브라우니를 종종 많이 만들어서 회사 사람들이나 친구들에게 나누어 주기도 하고, 크리스마스 같은 날엔 필수로 만들죠. 브라우니에 빠질 수 없는 재료는 바로 초콜릿입니다. 가장 간단하게는 밀가루, 초콜릿, 계란만 있으면 되고 추가로 넣고 싶은 재료를 넣어요. 누구나 쉽게 따라 할 수 있는 것이 제 레시피의 핵심이랍니다.

미국의 식사 예절 — 미국의 식사 예절 중 가장 기본은 소리 내지 않고 식사하는 것입니다. 각자의 음식을 따로 덜어 먹고요. 냅킨을 쓰는 것 또한 기본이에요. 나이프는 오른손, 포크는 왼손으로 사용한답니다.

재료

다목적 밀가루 1컵(대신에 아몬드 파우더, 코코아
파우더, 쌀가루 가능) 다크 초콜릿 1컵, 계란 2알,
코코아 파우더 1/2컵, 사탕수수 설탕 1/2컵

기본재료에 바닐라 오일, 건과일, 견과류,
초코칩 등 넣고 재료 준비 및 슈가파우더
가 있으면 브라우니 위에 뿌려서
모양을 낼 수 있음

만드는 법

1 다목적 밀가루와 코코아 파우더,
   설탕을 체에 친다.
2 계란 2알을 잘 풀어주고 물을 2스푼
   넣는다. 물을 넣으면 반죽이 조금 더 촉
   촉해진다. 물을 많이 넣으면 브라우니가
   너무 풀려 버리므로 조금만 넣기.
   풍미를 위해 우유를 넣어도 된다.
3 국가로 넣고 싶은 재료를 넣거나 잘 섞는다.
   없으면 이걸로 끝, 따로 넣을 것이
   없으면 이걸로 끝.
4 200도로 10분 정도 예열한 오븐에 40분 정도 굽는다.
   포크나 젓가락으로 찔러서 묻어나는 게 없으면 된다.

나만의 요리 비법 Tip

어른이라면 따뜻한 아메리카노나 허브티,
아이들은 흰 우유와 먹으면 좋아요.
아이스크림이나 휘핑 크림을 곁들여도 되죠.
제 팁은 따뜻한 브라우니에 바닐라 아이스크림을
올리고 초콜릿 드리즐을 뿌리는 거예요.

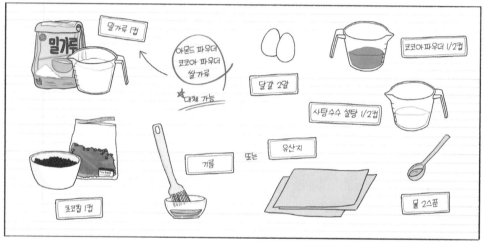

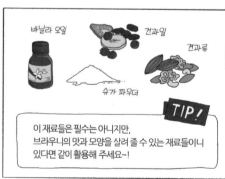

2부 어느새 친숙해진 한입: 간식

밀가루 한 컵을
체에 잘 걸러 주세요.

코코아 파우더와 사탕수수 설탕도 체에 쳐 주세요.

다른 그릇에 계란 2알을 까 넣고 잘 풀어 줍니다.

X2

반죽을 조금 더 촉촉하게 하기 위해
물 2스푼을 추가해 주세요.

풍미를 위해 우유를 넣어도 OK!

MILK

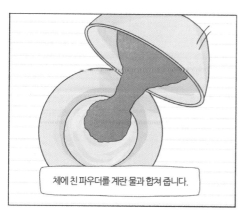

체에 친 파우더를 계란 물과 합쳐 줍니다.

그리고 가루가 보이지 않도록 잘 섞어 주세요.

초코칩 1컵을 넣고 잘 섞어 주세요.

추가로 넣고 싶은 재료를 넣어도 되고
더 넣을 것이 없으면 반죽은 이대로 끝입니다!

견과일

견과류

오븐 팬에 기름을 바르거나,

유산지를 깔아
준비해 주세요.

그리고 반죽을 부어 줍니다.

200도로 10분 예열한 오븐에 40분 동안 구워 주세요.

반죽을 젓가락으로
찔렀을 때

묻어 나오지 않으면 OK

★ 반죽이 묻어 나온다면
아직 다 익지 않은 것이므로
더 구워야 합니다!

다 구워진 브라우니를 잘 잘라 주면…

달달 & 촉촉 브라우니
완성입니다!

슈가 파우더

맛있게 먹는 tips

어른들은 허브티나 아메리카노, 아이들은 흰 우유와 함께 먹으면 좋습니다.

아이스크림, 휘핑 크림도 브라우니와 참 잘어울려요.

아메리카노

허브티

흰 우유

아이스크림

휘핑 크림

따뜻한 브라우니에
바닐라 아이스크림과
초콜릿 드리즐을 뿌려 주면

차가운 아이스크림이 녹으면서
소스처럼 변합니다.

녹은 아이스크림에 브라우니를
찍어 먹으면 더 부드럽고
맛있게 먹을 수 있어요!

© 김연우

브라우니 75

일요일 아침은
오코노미야키

どうぞ お召し上がりください.

가나이 요우코

金井洋子

일본
니가타현

제 고향 니가타는 일본 중북부의 바다 쪽 지역이에요. 도쿄의 반대편에 위치해 있죠. 니가타의 고시히카리는 일본에서 맛있는 쌀로 유명해요. 일본에서는 14년 동안 신용카드 회사에서 일했어요. 결혼해서 남편을 따라와 한국에 살게 되면서 농사를 짓고 네 아이를 키우고 시부모님이 돌아가실 때까지 잘 모시고 살았어요. 농사일이라고는 해 본 적도 없었는데 지금은 벼농사와 여러 가지 작물을 키우고 있어요. 우리 집은 계절의 흐름에 따라 움직여요. 봄가을에 특히 바빠요. 기계가 좋아졌어도 여전히 사람 손이 많이 필요하답니다. 세상에는 눈에 보이지는 않지만 손이 가는 일이 많죠.

한국말을 못 하는 상태로 타국에 와서 힘든 시간을 보냈어요. 한국 와서 처음 맞은 명절이었어요. 친척들이 많이 찾아왔는데 제가 말을 잘 못 알아들으니까 걱정을 많이 하셨어요. 다들 이야기를 나누는데 저는 그냥 조용히 있었어요. "언니가 이야기해야 하는데…"라는 말만 알아들었어요. 밖에 나가 보니, 동그란 추석 보름달이 떠 있었어요. '여기 달처럼 일본도 똑같은 달이 있는데…' 한국의 달과 일본의 달은 똑같잖아요. 말로 설명할 수 없는 마음이 들었죠. 저는 일본 사람으로서 한국에 사는 것이 스스로 아주 의미 있는 일이라고 생각해요. 국가적으로는 여러 문제들이 있고 한국과 일본의 사이가 나빠지기도 하잖아요. 그럴 때 제가 한국과 일본을 잇는 가교 역할을 하고 있다고 자부심을 느끼고 있어요.

요리 이야기

한국 음식과 일본 음식은 기본적으로 많이 닮아 있어요. '빵은 밥이 아니라 간식이다.'라고 생각하는 것도 비슷하죠. 결혼 전 일본에서 직장 생활을 할 때 힘을 내려고 월요일부터 금요일까지는 밥을 먹었어요. 미소 된장국, 계란말이, 전날에 남았던 반찬을 함께 먹고, 김 한 장에 밥을 넣고 낫토를 먹으면서 출근 준비를 하곤 했죠. 단 하루, 밥을 먹지 않는 날이 있었어요. 일요일에는 빵이나 야키소바처럼 밥이 아닌 걸 먹었어요.

우리 집은 일요일 아침에 주로 오코노미야키를 준비했어요. 양배추를 듬뿍 놓고 원하는 재료를 올려 굽고 소스를 발라 먹는 음식이에요. 보통 다른 집에서는 오코노미야키를 만들 때 돈가스 소스로 하는데 우리 집은 간장을 뿌렸어요. 오징어보다는 돼지고기를 넣었고 감자 버전 오코노미야키도 우리 집만의 특별한 요리였어요. 저는 2년 터울의 아이들이 4명 있어요. 애들이 어릴 때 쿠키도 만들어 주고, 돈가스, 야키소바, 타코야키, 스키야키, 오코노미야키 같은 일본 음식들을 다 해 줬어요. 연어 회를 사서 아이들에게 초밥을 만들어 줄 때면 아버지 생각이 많이 나요. 어렸을 때 아버지가 좋은 횟감이 있으면 집에서 초밥을 많이 만들어 주셨거든요.

일본의 식사 예절 — 일본에서는 식사 예절이 매우 중요해요. 먼저 식사를 차려 준 분께 공손히 인사를 해요. "잘 먹겠습니다[頂きます]."라는 뜻의 "Itadakimasu."로 시작합니다. 주로 젓가락을 사용하고 그릇을 들고 먹을 때나 컵을 들 때는 아랫부분을 잡죠. 일반적으로는 식사 중에 주스와 음료를 마시지 않아요. 탕수육처럼 함께 먹는 공통 음식에는 소스나 조미료를 뿌리지 않고 개인 접시에 따로 담아서 소스를 부어요. 식사가 끝나면 "맛있게 먹었습니다[ご馳走様でした]."라는 뜻의 "Gochisousamadeshita."로 감사 인사를 합니다.

재료 부침가루 300g 정도, 계란 4개, 물,
양배추 반 통, 대파나 쪽파 조금,
가쓰오다시 큰술1, 간장 큰술1, 치즈 4장
돼지고기 프라이팬 4번 덮을 만큼
돈가스 소스. 마요네즈, 가쓰오부시

만드는 법

① 양배추 썰기, 대파나 쪽파 썰기, 돼지고기를 10cm 정도로
   올리기 좋게 썰기.
② 손질한 재료 넣고, 치즈 찢어서 넣고, 가쓰오다시 조금.
   간장 조금, 계란, 부침가루, 물 넣고 섞기.
③ 프라이팬에 기름 두르고 중불에 반죽을 넣어 평평하게
   하고, 돼지고기 썬 것을 위에 올리기.
④ 뒤집어 익히고, 돼지고기가 위에 오게끔 접시에 올리고
   돈가스 소스와 마요네즈 뿌리기.
⑤ 가쓰오부시 올리면 끝.

나만의 요리 비법 Tip
오코노미야키에
마를 갈아 넣으면 더 고소해요.

꼬르륵..

언어는 다르지만
일본음식과 한국 음식은
많이 닮았어요.

한국의 잔치국수와 일본의 라멘,
한국의 전과 일본의 오코노미야키.

음식이 크게
다르지 않은 것도

한국 생활 적응에
도움이 됐어요.

생각해 보니
오코노미야키가
먹고 싶어지네요~

はじめましょ!
(시작합시다!)

© 김원엽

저녁밥으로 먹는 샌드위치
반미

Chúc bạn ngon miệng.

응오 후인 느
Ngô Huỳnh Như

★

베트남
박리에우

2부 어느새 친숙해진 한입: 간식

2017년에 고모가 한국인 남편을 소개해 줘서 한국에 왔어요. 한국에 대해 아는 것도 없고 말도 서툴렀지만 한국에서 살고 싶었어요. 체류 자격을 얻으려고 정말 열심히 공부했습니다. 베트남에서도 공부하고 한국에 와서도 공부하고 지금도 계속 공부하고 있네요. 음식도 문화도 낯선 환경이지만 한국을 제2의 고향으로 삼아서 오래도록 살고 싶어요. 그러기 위해서 한국말을 신경 써서 공부하고 있어요. 'ㄹ'이 들어가는 건 발음하기가 너무 어려워요. 하지만 한국어는 다 재밌어요. 글자가 신기해서 사진으로도 찍어서 봐요. 평소에는 서천군 가족 센터에서 한국어 공부를 하고 있습니다.

가끔 공부가 어려울 때는 한국 드라마를 봐요. 조금은 더 재밌게 한국어를 배울 수 있거든요. 마음이 힘들고 일이 잘 안 풀릴 때 베트남의 가족들 얼굴이 떠올라요. 고향에 간 지 3년이 넘었어요. 영상 통화를 하지만 직접 고향에 가서 가족들을 만나고 싶어요. 고향에서는 아침을 아주 가볍게 가볍게 먹었어요. 하루에 두 끼를 먹고 밥보다는 국수와 빵을 주로 먹었죠. 한국에서는 세 끼를 다 챙겨 먹어야 해서 힘들어요.

소개하고 싶은 음식이 있는데 만드는 데 24시간이나 걸려서 복잡하니까 대신 반미를 말하고 싶어요. 베트남식 샌드위치인데 속이 쫄깃하고 부드럽고 푹신한 베트남 바게트를 바삭하게 굽고 햄, 고수처럼 자기가 좋아하는 재료를 넣고 베트남 간장으로 소스를 뿌려 마무리하면 돼요. 그때그때 베트남의 식재료를 넣어서 자연의 색으로 화려하고 예쁘게 만들어 내죠.

예전엔 집에서 할머니들이 많이 만들어 주셨는데 지금은 밖에서 다들 사 먹어요. 간식으로도 먹고 밥으로도 먹는데, 아침용보다는 저녁으로 차려 놓고 먹어요. 만들기는 쉬워요. 간단해요. 샌드위치 만드는 거랑 같아요. 안은 촉촉하고 겉은 바삭한 바게트 빵의 느낌이 중요해요. 빵을 오랫동안 굽지 말고요, 냉장고에서 꺼내 전자레인지에서 약 37초 돌리면 엄청 말랑말랑해져요.

반미 만드는 법은 만드는 사람마다 다 달라요. 엄마가 해 주시는 건 정말 맛있었어요. 저는 햄 아니면 소시지를 넣는 걸 더 좋아하는데 고기를 넣을 수도 있어요. 얇게 썬 고기를 사서 키친타월로 피를 빼고 양념을 해요. 마늘 한 숟가락에 물엿을 넣어야 해요. 좀 까맣게 양념하는 게 좋죠. 고기에서 기름이 나오니까 물이 많이 있는 것보다 조금 바싹 익히는 거예요. 아삭하고 바삭하고 식감이 좋으라고 새콤달콤한 장아찌를 넣어도 맛있어요. 오이나 당근 장아찌 같은 거요. 피쉬 소스는 자기 입맛대로 넣으면 돼요.

베트남의 식사 예절 — 베트남에서는 식사 예절을 중시해요. 식사를 할 때 조용히 먹어요. 음식을 씹거나 국수를 먹을 때 후루룩 소리를 내지 않아요. 식사가 끝난 뒤에는 젓가락은 밥그릇 위에, 숟가락은 식탁 위에 엎어 두는 것이 예의랍니다. 밥을 먹을 때 젓가락 소리를 내지 않는 것도 좋아요. 베트남에서는 소리 내서 먹는 건 식사 예절에 어긋나는 행동이거든요.

재료 바게트 . 오이 . 고수 . 매운 고추 . 돼지고기 . 무 . 당근
식초 . 따뜻한 물 . 소금 . 칠리쏘스

만드는 법

1 바게트를 바삭하게 굽는다.

2 바게트 가운데를 자른다.

3 돼지고기를 볶는다.

4 무 . 당근을 식초랑 소금을 넣어 장아찌로 만든다.

5. 볶은 돼지고기와 당근 무 장아찌를 바게트 사이에 끼운다.

6. 칠리 쏘스를 넣는다.

나만의 요리 비법 Tip
스리라치, 마요네즈처럼 자기 입맛에 맞는
소스를 넣으면 더 맛있어요. 베트남 요리에
필요한 재료는 다 인터넷에서 시켜서 사용해요.

반미   87

반미 만들기

오늘 사용할 재료입니다.

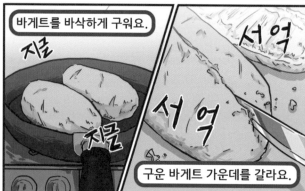

바게트를 바삭하게 구워요.

지글

지글

서억

서억

구운 바게트 가운데를 갈라요.

돼지고기를 볶아요.

촤ㅡ아

무, 당근을 식초랑 소금을 넣어서~

찹찹

★-3

장아찌를 만들어요.

오이, 고수, 매운 고추를 자르고

볶은 돼지고기와

당근+무 장아찌를 위에 올려 주세요.

오이, 고수, 매운 고추를 올려 준비한 소스를 뿌리면

응오 후인 느표
반미~
완성!

© 윤지율

가족 모임에는 항상
팔라펠

إِسْتَمْتِعْ بِوَجْبَتِكْ

지난 사예드 요세프
Jinan Sayed Yousef

시리아
이들리브

2015년 12월, 러시아가 시리아 문제에 개입하면서 민간인 거주 지역에 폭격이 시작되었어요. 낮도 견디기 힘들었지만 어둠이 찾아오면 전투기 소리와 무차별적인 폭격으로 '오늘 밤 가족 중 한 명을 잃어버리는 건 아닐까? 아이를 지키지 못하는 건 아닐까?' 걱정하며 매일 뜬눈으로 밤을 지새웠습니다. 시리아 정권의 폭격으로 학교와 병원 건물이 부서졌습니다. 어느 곳도 안전한 곳은 없었어요. 그들은 공습경보 없이 폭탄을 떨어트렸고 시장, 학교, 병원, 일터는 화염에 휩싸였습니다. 사람들이 죽고 일상은 무너졌습니다. 누가 친구인지 적인지 알 수 없는 날들이었습니다. 저는 살아남기 위해서 3살 된 아나스를 데리고 시골로 떠났습니다. 그러나 안전한 곳은 전혀 없었어요. 외부로 연락할 방법도 없었고요.

한국에 있던 남편이 아이와 저를 찾으러 왔을 때, 우리 집은 폭격으로 부서져 있었어요. 우리는 집에 없었기 때문에 살아남았죠. 시리아를 떠날 때 노트북이나 휴대폰의 사진은 모두 지웠어요. 올리브나무 숲으로 사계절 푸른 도시 이들리브의 모습, 하지만 전쟁으로 부서진 참혹한 도시의 사진 때문에 혹시라도 시리아를 벗어날 수 없게 될까 봐 두려웠어요. 몇 달을 기다려 출국 승인이 나고 물건들을 정리하던 그때의 감정은 말로 설명할 수가 없어요. 어머니와 형제들에게 작별 인사를 했을 때의 그 슬픔에 지금도 숨이 막혀요. 우리는 가까운 튀르키예에 입국해 삼촌 집에 잠시 머물렀어요. 그리고 러시아를 거쳐 중국으로, 다시 한국으로 향하는 힘든 여정을 보냈어요. 한국 땅에 도착했을 때의 안도감은 이루 말할 수가 없었습니다. '우리 가족은 이제 안전하다. 비스밀라(bismillah, 감사 인사).' 태어난 곳은 다르지만 저에게는 한국이 제2의 나라입니다.

요리 이야기

팔라펠은 가난한 사람들도 싸고 쉽게 먹을 수 있는 길거리 음식이에요. 병아리콩을 갈아 동글납작하게 튀겨서 만들어요. 시리아뿐만 아니라 팔레스타인, 리비아 같은 중동 지역 전체에서 오랫동안 즐겨 먹는 음식이에요. '후무스'는 아랍어로 '병아리콩'이라는 뜻인데 병아리콩으로 만드는 가장 유명한 요리 이름이기도 해요.

시리아는 금요일과 토요일이 휴일이랍니다. 일요일부터 목요일까지 학교를 가고 일을 해요. 예전에는 금요일만 쉬는 날이었어요. 매주 금요일에는 할머니, 할아버지, 이모, 가족들이 모두 모였어요. 시리아는 한국보다 훨씬 큰 대가족이 모여요. 아랍에서는 여자들이 어려서부터 자연스럽게 엄마를 도와 음식을 만들어요. 한국에 와서는 인터넷으로 아랍 음식 재료를 사서 고향의 음식을 만든답니다. 주변에서 재료를 쉽게 구하기 어렵지만 아랍 사람들이 이용하는 식품점이 서울에 있어서 대량으로 주문하거나 많이 사 와요. 저는 타히니 소스나 후무스가 들어간 따뜻한 코브즈 샌드위치에 팔라펠을 넣어 먹는 걸 가장 좋아했어요. 아침에 먹는 맛이 최고죠. 병아리콩, 신선한 허브, 향신료로 최고의 정통 팔라펠을 만드는 우리 가족의 비법을 소개할게요.

시리아의 식사 예절 — '비스밀라'는 '신의 이름으로'라는 뜻으로, 세상 만물에 대한 고마움이 담겨 있습니다. 식사를 시작할 때 감사의 인사로 시작합니다. 악마는 왼손으로 먹는다고 해서 음식은 손가락 세 개를 사용해 오른손으로만 먹고 마셔요. 오른손으로만 그릇을 잡고요. 음식은 공동 접시에 놓고 함께 나눠 먹는데, 음료나 수프를 후루룩거리지 않는 게 좋아요. 입안 가득 음식을 채우지 말고 서두르지 않으면서 입을 다문 채로 잘 씹으면 돼요. 먹을 때는 말을 하지 않습니다. 음식 조각이 실수로 땅에 떨어진다면, 집어 들어서 먼지를 털어 내세요. 남겨 두면 악마의 먹이가 된다고 해요. 음식을 남기지 말고 식사를 마친 뒤에는 '알함둘리라(Alhamdulillah, 신에게 찬미).'라고 감사의 기도를 합니다.

2부 어느새 친숙해진 한입: 간식

재료			
• 병아리콩 2컵	• 마늘	• 베이킹파우더
• 줄기를 제거한 파슬리 잎 1컵	• 정향 7~8개	• 고추 1티스푼(선택)
• 고수 잎	• 소금	• 구운 참깨
• 딜	• 후추	• 끓는 오일
• 양파	• 커민	

만드는 법

1. 말린 병아리콩을 18시간 동안 물에 담가 둔다.

2. 불린 병아리콩의 물기를 완전히 빼고 두드려 말린다.

3. 병아리콩, 허브, 양파, 마늘, 향신료가 잘 섞이도록 푸드 프로세서를 한 번에 40초 동안 작동시키세요.

4. 팔라펠 혼합물을 용기에 옮기고 단단히 덮으세요. 조리 준비가 될 때까지 최소 1시간(또는 밤새)까지 냉장 보관하세요.

5. 튀기기 직전에 팔라펠 혼합물에 베이킹파우더와 참깨를 넣고 숟가락으로 저어 준다.

6. 팔라펠 혼합물을 테이블스푼으로 떠서 패티로 만든다.

7. 기름이 부드럽게 거품이 날 때까지 중불에서 가열하세요. 팔라펠 패티를 조심스럽게 기름에 떨어뜨리고, 겉이 바삭바삭하고 골든 브라운이 될 때까지 약 3분에서 5분 정도 튀긴다.

나만의 요리 비법 Tip

팔라펠 패티를 만들 때는 꼭 손에 물을 묻히세요. 만들어진 패티를 토마토, 오이와 함께 코브즈 빵에 넣어 샌드위치를 만들어 드시면 더 맛있어요.

2부 어느새 친숙해진 한입: 간식

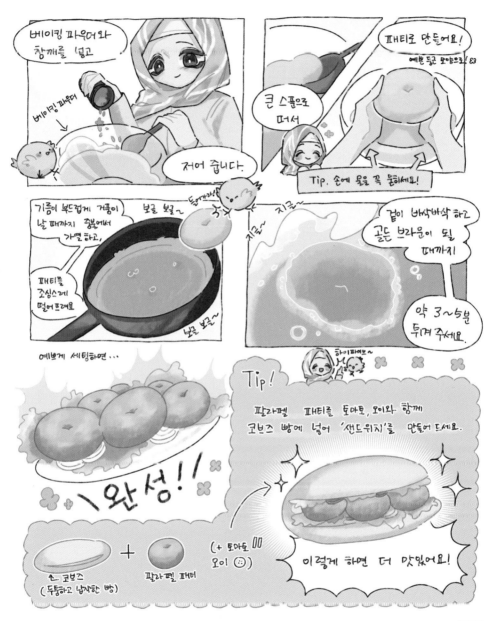

베이킹 파우더와
참깨를 넣고

베이킹파우더

큰 스푼으로
떠서

저어 줍니다.

Tip. 손에 물을 꼭 묻히세요!

패티로 만들어요!

예쁜 둥근 모양으로! ☺

기름이 부드럽게 거품이
날 때까지 중불에서
가열 하고,

보글 보글~

둥글둥글

지글~

패티를
조심스레
떨어뜨려요

보글 보글~

지글~

겉이 바삭바삭 하고
골든 브라운이 될
때까지

약 3~5분
튀겨 주세요.

예쁘게 세팅하면 …

하이파이브~

＼완성!!／

Tip!

팔라펠 패티를 토마토, 오이와 함께
코브즈 빵에 넣어 '샌드위치'를 만들어 드세요.

＋

(+ 토마토
오이 ☺)

소 코브즈
(둥글하고 납작한 빵)

팔라펠 패티

이렇게 하면 더 맛있어요!

© 강다연

만국 공통의 따뜻한 위로
수프, 탕

차카라카 _ 투키소 말라쉬(남아공)

불랄로 _ 레니 로즈 마카비타스(필리핀)

반탕 _ 안상선 다와(몽골)

고향의 집밥이 생각나는
차카라카

Lekker eet!

투키소 말라쉬
Tukiso Malatshi

남아프리카 공화국
림포포주

3부 만국 공통의 따뜻한 위로: 수프, 탕

제 이름은 투키소이고 제가 태어난 남아프리카 공화국의 림푸푸는 아름다운 산과 나무가 있는 교외 지역이랍니다. 농장이 많아서 충남하고 비슷하죠. 저는 남아공 유튜버들이 올린 한국에 대한 영상에서 안전한 길거리를 보고는 한국의 매력에 빠져서 여기까지 오게 되었어요. 물론 다양한 음식도 먹어 보고 새로운 문화를 배워 보고도 싶었죠. 하지만 한국에 처음 왔을 때는 남아공에 비해 너무 추워서 여기서 계속 살 수 있을 거라고는 상상도 못 했어요. 한국어를 잘 못해서 친구를 만드는 것도 어려웠고요. 단어를 외우는 건 재미있었지만 억양이나 말투를 완벽히 구사하는 건 쉽지 않잖아요. 제 어눌한 말투 때문에 한국 사람들은 제가 뭐라고 하는지 알아듣지 못했고 그만큼 자신감은 바닥까지 내려갔어요. 매일매일 연습하는 게 제일 중요한데 저는 잘하진 못해요. 아직까지도 기사나 시는 이해하기 어려워요.

남아공의 제 가족은 엄마와 네 자매, 이렇게 다섯 식구랍니다. 저는 둘째예요. 가족들은 제 이름을 줄여서 애칭으로 투키(Tuki)라고도 불러요. 한국에 온 지 5년쯤 되었는데 아직도 집이 그리워서 방학 때마다 시간이 되면 남아공에 가요. 길거리에서 소매치기 당할까 봐 휴대폰을 잘 잡아야 하고, 가끔 전기기 끊겨서 휴대폰 사용을 못 할 땐 후회하기도 하지만요. 그럴 땐 디지털 디톡스라고 생각하며 지내요. 한국의 다른 지역에서 살아 본 적은 없지만 저는 충청남도의 조용한 삶이 너무 좋아요. 거의 4년 정도 이곳에서 여행같이 아름다운 일상을 보냈고, 앞으로 1년에서 2년 정도 더 머무를 것 같아요.

요리 이야기 ────────

제가 소개할 요리는 차카라카예요. 남아공의 집밥이라고 보시면 돼요. 다른 음식에 곁들여 먹어도 좋고 수프처럼 단독으로 먹어도 좋아요. 김치랑 맛은 전혀 다르지만 김치처럼 모든 요리와 함께 먹는 음식이죠. 차카라카는 빵이나 밥, 파스타 같은 어떤 음식과도 잘 어울리고 남아공 사람들이라면 모두 좋아해요.

차카라카는 특히 브라이와 단짝이랍니다. 이건 '원숭이도 알고 있다.(Dit weet die aap se stert.)'라고 말할 정도로 남아공 사람이면 누구나 아는 사실이에요.(한국말로 하면 '삼척동자도 안다.'라는 뜻이에요.) 브라이는 남아공식 바비큐라고 생각하면 됩니다. 불을 피워서 고기를 구워 먹는 그 자체를 브라이라고 해요. 남아공 소시지인 부르보스를 포함해서 어떤 고기든 브라이가 될 수 있어요. 남아공에는 특별한 하나의 큰 명절이 없고 이스터(부활절), 헤리티지데이(민족 문화의 날), 가족데이, 크리스마스 같은 휴일에 친척이나 친구들이 모여 시간을 보내요.

집안 행사 때마다 차카라카를 만들었기 때문에 저는 이 레시피를 이모에게 배웠어요. 제대로 배워서 이제 브라이를 먹을 때마다 제가 차카라카 당번이에요. 아직 다른 나라 친구들에게 만들어 줄 기회는 없었지만 언제나 대접할 준비가 되어 있어요. 맛있는 건 나눠 먹어야 제맛이니까요!

남아프리카 공화국의 식사 예절 — 남아공은 다문화 국가라서 다양한 생활 양식과 종교가 공존해요. 저희 집에서는 식사를 하기 전에 감사 기도를 해요. 그리고 그날의 요리 당번이 가족들의 음식을 떠 준답니다. 식탁에 메인 음식을 두고 당번이 다른 사람의 앞접시에 계속 떠 줘요. 하지만 이건 우리 집만의 문화일지도 몰라요. 남아공 사람들은 식사할 때 손을 사용하는데 다른 문화권 사람들이 이 모습을 보면 가끔 놀라기도 해요.

100   3부 만국 공통의 따뜻한 위로: 수프, 탕

재료 양파, 그린 피망, 레드피망, 카레가루, 당근, 토마토, 베이크드빈 1캔, 소금, 후추 약간, 식물성기름 조금

만드는 법

1. 양파와 그린 레드피망을 네모나게 썰어요.
2. 토마토도 비슷한 크기로 썰어요.
3. 당근은 채 썰어줍니다.

이러면 재료 준비도 끝이랍니다.
본격적으로 차카라카를 만들어 볼까요.

4. 약간 센 불에 냄비를 올리고 준비한 기름을 반 컵을 둘러주세요.
5. 냄비가 달궈지면 양파와 피망, 카레가루 넣고 양파가 물근해질때까지 볶아주세요.
6. 베이크드 빈 캔을 넣고 잘 섞어 15분 저어주면 너무 좋이세요.
7. 입맛에 맞게 소금과 후추를 살짝 뿌려주면 끝.

나만의 요리 비법 Tip
그릇에 같이 먹고 싶은 음식(소시지나 번, 브라이 등)을
플레이팅하고 완성된 차카라카를 부어 먹으면 더 맛있어요.
특별한 조리 노구 없이도 만들 수 있지만 맛을 잘 살리려면
끓이면서 중간중간에 잘 저어 주는 게 중요하답니다.

차카라카를 만들기 위해 아래의 재료들부터 준비해 주세요.

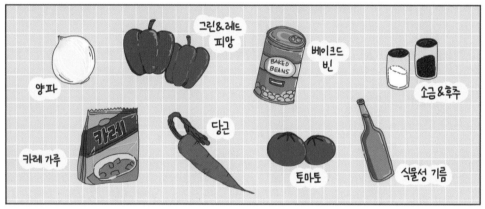

양파

그린&레드 피망

베이크드 빈

소금&후추

카레 가루

당근

토마토

식물성 기름

양파, 피망은 네모나게 썰고

토마토도 비슷한 크기로,

당근은 채 썰어서 준비해 주세요.

그럼 이제 본격적으로 차카라카를 만들어 볼까요?

약간 센 중불에 냄비를 올리고 기름을 반 컵 둘러 주세요.

냄비가 달궈지면 양파와 피망, 카레 가루를 넣고

피망

카레 가루

양파

양파가 뭉근해질 때까지 볶아 줍니다.

그리고 토마토와 당근도 넣어 주세요.

토마토

당근

그다음 베이크드 빈 1캔을 넣고 잘 섞어서

15분 정도 저어 주면서 끓여 주세요.

입맛에 맞게 소금과 후추를 살짝 뿌려 주고

접시에 잘 옮겨 담아 주면…

차카라카 완성입니다!

더 맛있게 먹을 수 있는 나만의 Tip!

쏘시지
번
브라이
(추천★)

그릇에 같이 먹고 싶은 음식을 담아 주세요.

요리한 차카라카를 부어 주세요.

더 맛있는 차카라카 완성!

© 김연우

모두가 좋아하는 전통 음식
불랄로

Enjoy your meal.

레니 로즈 마카비타스
Leny rose Macabitas

필리핀
산호세

3부 만국 공통의 따뜻한 위로: 수프, 탕

저는 필리핀에서 온 레니 로즈 마카비다스입니다. 필리핀에서는 대학에서 화학을 전공하고 중등 교육 자격증 시험을 보아서 선생님으로 일했어요. 고등학교에서 5년 동안 과학을 가르쳤죠. 그런데 2013년에 한국 사람이랑 결혼을 하게 되었어요. 제 인생에서 가장 중요한 사건이었던 것 같아요. 필리핀을 떠나 한국에 오는 결정을 했으니까요. 한국에 처음 왔을 땐 의사소통이 안 돼서 답답했고 음식, 문화가 다르다 보니 모든 생활이 너무 어려웠어요. 하지만 한국어 수업도 듣고 남편이랑 친구들이랑 자주 대화도 하고 한국 드라마도 많이 보면서 서서히 한국어 실력이 늘었습니다. 힘든 것도 많았지만 남편과 친구들 덕분에 이제는 모든 게 익숙해졌어요. 한국에서 경험할 수 있는 재미있는 일들도 많았고요.

그중에서 제일 좋았던 일은 딸아이를 낳은 거였어요. 2018년 7월에 엄마가 되었거든요. 딸의 탄생은 제 인생의 전환점이었어요. 아이가 어린이집에 다니기 시작하면서 저도 새 일을 시작했어요. 가정 방문 영어 선생님이 되어서 한국 학생들을 가르치게 되었죠. 저에게는 또 다른 기회였고 정말 감사하고 기쁜 일이었어요. 지금도 평생 학습 센터 문화 강좌나 가정 방문으로 어린이들에게 영어를 가르치고 있어요. 한국 국적 취득을 위해 면접도 준비하고 있고요. 한국에 온 지 벌써 10년이 되었네요. 아직 한국어는 좀 부족하지만 남편과 마음을 맞춰 작은 꿈들을 계획하고 하나씩 이루며 살아가는 생활이 행복합니다. 몇 년 선엔 내 십 마련의 꿈도 이루었답니다. 엄마로서 역할도 점점 중요해지고 있어요. 늘 딸에게 첫 번째 선생님이 되어 주고 싶고 가족들, 친구들과 사랑을 나누며 삶의 가치들을 조금씩 만들어 가면 좋겠습니다.

필리핀에서는 생일이나 크리스마스가 제일 중요한 날이에요. 보통 크리스마스에는 '레촌'이라는 돼지 통구이 바비큐를 먹습니다. 돼지 속에 여러 가지 재료를 넣고 통으로 굽는 거예요. 모양은 좀 무섭지만 맛있어요. 한국 사람들이 설날에 떡국을 먹는 것처럼 필리핀 사람들은 레촌을 먹으면 복이 온다고 믿어요. 크리스마스가 아니더라도 필리핀에서는 파티가 자주 열려요. 그럴 때마다 레촌을 만들어 먹는답니다.

필리핀에서 사랑받는 전통 음식으로 불랄로도 빼놓을 수 없어요. 필리핀 사람들은 다 불랄로를 좋아해요. 불랄로는 소뼈를 2~3시간 끓여 만드는 스튜예요. 소 골수, 뼈, 고기가 꼭 들어가야 하고 간장도 들어가요. 그리고 빠지지 않고 반드시 넣어야 하는 양념이 있는데, 파티스(피쉬 소스)랍니다. 파티스를 넣어야 감칠맛이 나요. 불랄로는 양배추, 양파, 감자 같은 채소랑 같이 먹으면 좋아요. 한국에서 만든 불랄로는 필리핀에서 만든 것과는 맛이 좀 다르더라고요. 아마도 고기와 채소를 기른 땅이 달라서겠죠?

필리핀의 식사 예절 — 한국 사람들은 먹을 때 말을 많이 하지 않는 게 예의인데, 필리핀 사람들은 밥을 먹으면서 말을 많이 하는 걸 좋아한답니다. 특히 여러 사람이 모인 파티에서는 조금 시끄럽게 못다한 이야기를 나눠요.

　　　　　　　3부 만국 공통의 따뜻한 위로: 수프, 탕

재료

- 2kg 소의 골수는 정육점 주인에게 잘게 썰도록 한다.
- 뼈 없는 소고기 또는 스튜용 소고기 1kg.
- 양파 1개 껍질을 벗기고 4등분한 중간 크기 감자.
- 각각 두 조각으로 자를 바나나 2-3개.
- 중간 크기의 양배추 4등분 1개.
- 피쉬소스 파티스 3~4큰술.
- 소금과 후추.

만드는 법

→ 골수와 뼈 없는 소고기 또는 소고기를 뜨거운 끓는 물에 잠시 데친 후 흐르는 찬 수돗물에 헹궈 오물과 피를 제거한다.

→ 냄비에 골수와 양파를 넣고 3리터의 물을 붓고 끓인다.

→ 불을 낮추고 약 40분간 끓이세요.

→ 뼈 없는 소고기나 스튜용 소고기를 넣고 다시 끓인다.

→ 끓으면 불을 낮추고 소고기가 부드러워질 때까지 1시간에서 1시간 반 정도 끓인다.

→ 감자와 바나나를 넣으세요.

→ 감자와 바나나가 부드러워질 때까지 10분에서 15분 정도 끓이세요.

나만의 요리 비법 Tip

필리핀은 열대의 나라여서 바나나, 파파야, 망고처럼 신선한 과일을 언제나 싸게 구할 수 있어요. 불랄로에 바나나를 넣어 주면 단맛노 더하고 소화에 도움도 돼요.

'불랄로'

- 준비 재료 -

잘게 썬 소 골수 2kg

양배추 1/4개

피쉬 소스 파티스 3~4 큰술

바나나 2~3개

정육점에서 잘게 썬
스튜용 소고기 1kg

주먹 크기의 감자 1개

껍질을 벗긴 양파 1개
(4등분 하기)

골수와 뼈 없는 소고기는
끓는 물에 잠시 데쳐 주세요.

물에 잠시 데친 후 흐르는 찬 수돗물에
헹궈 이물질과 피를 제거해 주세요.

그다음 냄비에 골수와 양파,
3리터의 물을 넣고, 40분간 끓여 주세요.

보글보글

보글보글

40 min...

다 끓인 후 스튜용 소고기를 넣고 다시 끓여요.

보글보글

보글보글

60-100 min...

보글보글

보글보글

15 min...

마지막으로 감자와 바나나,
기호에 따라 옥수수를 추가한 후
약불로 15분 정도
더 끓여 주세요.

불랄로 요리가 완성됐어요.
이제 맛있게 먹으면 끝입니다!
**필리핀의 전통 음식 불랄로
많이 사랑해 주세요~**

© 오수민

아플 땐 **반탕** 한 그릇

3부 만국 공통의 따뜻한 위로: 수프, 탕

저의 아버지는 한국 분입니다. 몽골에서는 할아버지, 아버지처럼 조상의 이름을 가져와서 아이들의 이름을 짓는데, 아버지의 이름과 제 이름을 합친 '안상선 다와'가 제 몽골식 이름이에요. 집에서는 '다와'라고 부릅니다. 저는 몽골의 수도인 울란바토르에서 태어났어요. 대부분 몽골이 초원이라고 생각하는데 울란바토르는 한국처럼 쇼핑몰, 대형 마트도 있는 그냥 도시예요. 몽골의 겨울은 영하 30~40도 정도로 추워요. 도시 전체가 항상 얼어 있어요.

한국에 온 지는 오래됐어요. 어렸을 때 와서 경기도 안산에서 살면서 중고등학교를 졸업했고, 직장 생활을 하면서는 서울 이태원, 합정동 이곳저곳에서 살았어요. 그러고 보니 이사를 많이 다녔네요. 대학 때 만난 친구와 결혼을 해서 2015년도에 충남으로 이사를 했습니다. 귀농해서 우렁이 농업으로 논 농사를 5년 정도 짓고 지금은 제빵사로 일하고 있어요. 우리 밀과 우리 효모로 빵을 만들어요. 우리 밀로 만든 빵이 정말 몸에도 좋고 맛도 있어요. 제 정체성은 우리 땅에서 자란 재료와 음식에서 찾을 수 있어요. 몽골과 한국, 아버지와 제가 연결된 끈, 아주 오래전부터 이어진 인연으로 지금 이곳에서 살아가고 있습니다.

요리 이야기

    몽골에는 본연의 맛을 살리는 요리가 많아요. 굽고 삶고 끓이는 자연 그대로의 음식이지요. 어떤 음식을 소개할까 고민을 많이 하다가 텔레비전이나 매체에 많이 안 나오는 몽골의 '힐링 음식'을 알려 주고 싶었습니다. 반탕은 고기를 넣은 밀가루 죽 같은 거예요. 몽골 사람들은 다 아는 음식이고 보통 음식점에선 팔지 않아요. 몸이 아플 때 먹거나 아이들의 이유식으로 먹이기도 해요. 숙취가 있을 때는 반탕으로 속을 풀 수도 있어요.

    먼저 고기를 양파랑 살짝 볶아서 아주 잘게 다져요. 보통 몽골에서는 양고기나 소고기를 넣어요. 여기에다 물을 부어서 끓이면 육수가 돼요. 이 국물에다가 밀가루 반죽을 풀어 넣으면 죽처럼 되거든요. 근데 이 반죽을 할 때 밀가루에 육수를 살짝 넣어서 수제비처럼 빚는데 크기를 밥알처럼 만들어요. 이렇게 밥알처럼 만드는 걸 반탕을 만든다고 해요. 반탕에 고기 육수를 넣고 얼마 정도 은근하게 끓여서 죽 같은 걸쭉한 식감이 나올 때까지 밥알이 살아 있어야 해요. 그리고 각종 채소를 넣고 소금을 조금 넣으면 반탕 만들기 끝. 애들이 어릴 때는 아무 이유도 없이 자주 아프잖아요. 특히 몽골은 엄청 추워서 아이들이 감기에 잘 걸려요. 그럴 때 뜨끈한 반탕을 먹으면 금세 몸이 나았어요.

몽골의 식사 예절 — 몽골의 식사 예절에는 자연에 깃든 신성한 존재를 경외하는 마음이 담겨 있습니다. 하지만 시대가 변하면서 전통적으로 지켜 오던 식사 예절이나 습관도 변해 가고 있어요. 초원에서 유목민으로 살던 때와 지금이 같을 수는 없겠지요. 그럴더라도 전통적인 금기 같은 것은 은연중에 피하게 된답니다. 고기는 손으로 집어 뜯어 먹기도 하지만 보통은 나이프, 포크, 스푼을 사용합니다. 먹을 복이 달아난다고 해서 음식을 남기지 않고 먹습니다. 우유를 쏟으면 나쁜 일이 일어난다는 이야기도 있어요. 만약 쏟았으면 중지를 이마에 대고 나쁜 운을 풀어 줍니다. 왼손은 불길하다 여기기에 식사 중에는 주로 오른손을 사용합니다.

양고기 (소고기) 조금. 밀가루 조금. 야채 (당근) 조금. 소금. 후추

만드는 법

① 양고기를 잘게 다진다.

② 양고기를 볶는다. 물을 넣어 육수를 낸다.

③ 밀가루에 육수를 조금 넣어서 반죽을 만든다.

④ 반죽에 양고기 육수를 넣고 몽글하게 끓인다.

⑤ 소금. 후추 간을 한다.

★ 반죽: 밥알처럼 만들수록 만든 형태 (밀가루 죽)

나만의 요리 비법 Tip
반탕을 밥알처럼
잘게 만들어 주는 것이
제일 중요해요.

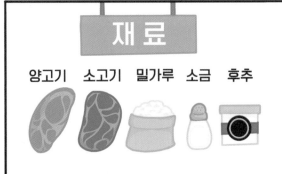

재료

양고기 소고기 밀가루 소금 후추

양고기를 잘게 다집니다.

잘게 다진 양고기를 볶습니다.

물을 넣고

육수를 냅니다.

밀가루에 육수를 넣어

반탕을 만듭니다.

반탕을 밥알처럼 만드는 것이
가장 중요합니다.

반탕에 육수를 넣어
뭉근하게 끓여 줍니다.

소금과 후추를 넣어
간을 맞춰 줍니다.

완성!

© 전서연

서로를 이어요,
모두를 품어요
국수, 만두

놈씬남야빠 _ 빠바번 빔씸(태국)

퍼보 _ 부 티 미 린(베트남)

팟타이 ① _ 와루니 타차이(태국)

팟타이 ② _ 완란야 푸카마(태국)

찬 국시 _ 이 에브게니아(키르기스스탄)

쟈우즈 캉시우훙(쥬국)

보오즈 _ 척절마(몽골)

진하고 강한 국물 맛
놈찐남야빠

빠바번 빔씸

ประภาพร พิมสิม

**태국
차이야품주**

4부 서로를 이어요, 모두를 품어요: 국수, 만두

어렸을 때 제 별명은 두 가지였어요. 엄마 아빠와 가족들은 빠바번을 줄여서 '뿜'이라고 불렀고, 친구들은 느리다는 뜻의 '츰'이라고 불렀어요. 저는 어떤 일을 할 때 생각을 깊게 하고 움직이는 편인데 친구들은 그 사이를 못 참았죠. 남편은 저를 '연꽃'이라고 불러요. 제가 연꽃을 좋아하는 걸 보고 그렇게 불러 주었는데, 결국 한국에 와서 '연꽃'이라는 아름다운 이름을 갖게 되었네요. 지금 살고 있는 부여는 고향 차이야품과 비슷한 점이 많아요. 불교와 연꽃으로 유명한 부여 출신의 남편과는 공감대가 비슷했고 이야깃거리도 많았어요. 한여름에 연꽃이 피는 부여와 달리 태국에서는 10월쯤 강렬한 붉은색 연꽃을 볼 수 있어요. 차이야품은 한국처럼 사계절이 아닌 삼계절입니다. 1년 내내 40도를 넘는 날씨예요. 10월이 되면 조금 시원한 느낌이 들지만 기온의 변화를 크게 느끼지 못할 정도로 덥죠.

'츰'이라 불리긴 했지만 저는 성격이 느긋한 편이지 게으른 건 아니에요. 이참에 한국인들이 동남아시아 사람들에게 가지고 있는 게으르다는 편견에 대해 이야기하고 싶어요. 태국은 상상하는 것보다 덥답니다. 뜨거운 태양 아래에서는 누구도 빨리빨리 움직일 수 없잖아요. 대신 태국 사람들은 일씩 일어나서 하루 일을 빨리 끝내요. 엄정 부지런하게 움직입니다. 몇 십 년 몸에 익은 습관을 하루아침에 바꾸기는 쉽지 않아요. 한국에 적응하고 문화적 차이를 메우기 위해 낢은 태국 사람들이 노력하고 있어요. 문화와 생활의 차이를 이해해 줬으면 좋겠어요.

─────────────────────────────

놈찐남야빠는 특별한 날에만 먹는 음식은 아니에요. 장례식, 생일, 새해 축제 때도 먹지만 생각나면 만들어 먹는 음식이기도 합니다. 한국식으로 표현하자면 국수(놈찐)를 넣은 매운탕(남야빠)이에요. '너구리'라면 맛과도 비슷해요. 생선으로 만들다 보니 비린 맛이 있지만 한번 맛을 들이면 끊을 수 없을 정도로 맛있습니다. 놈찐남야빠의 재료는 태국에선 모두 주변에 흔히 있는 것들이에요. 태국 집에서는 마트에 가지 않아도 문 밖에 나가면 거의 모든 식재료가 있었어요. 고추, 레몬그라스, 핑거루트, 빨간 쪽파, 쪽파 줄기, 생강류, 카피르 라임 잎 등등이요. 그렇지만 생선은 마트에서 구입해야 하죠. 생선 통조림을 사용해도 되고 갈치, 고등어, 참치 등 어떤 생선이어도 상관없지만 맛있는 생선이 많이 들어가면 좋아요. 마늘과 고추, 향신료가 들어가서 국물 맛은 강하고 풍부한데 면발은 가늘답니다.

이 음식은 지역마다 쓰는 재료와 국물이 조금씩 달라요. 제 고향인 태국의 북동부 지역 차이야품에서는 민물고기나 참치 같은 생선에 고추, 샬롯, 카피르 라임 잎, 마늘, 레몬그라스, 쪽파 등의 향신료를 다져서 끓는 물에 넣고 생선 젓갈과 소금으로 간을 해요. 다른 지역에선 물 대신에 코코넛 밀크를 넣고 끓이기도 하고 삶은 달걀과 고기 완자를 넣어 먹기도 해요. 놈찐남야빠는 맵고 짜서 아이들보다는 어른들이 더 잘 먹어요. 매운 걸 좋아하는 사람은 놈찐남야빠를 먹고, 싫어하는 사람은 남야까리를 먹으면 돼요.

태국의 식사 예절 — 옛날 사람들은 손으로 음식을 먹었어요. 검지, 중지, 엄지 세 손가락을 사용해 음식을 한입 크기로 만들어 먹습니다. 손으로 먹는 건 더럽지 않아요. 카피르 라임 조각으로 손을 씻으세요. 먼저 비눗물로 씻고 얇은 웨지 모양으로 자른 카피르 라임 껍질 전체를 사용해 손을 씻어요. 식사 후 손을 깨끗이 씻는 것도 중요합니다.

재료	• 고추 10개	• 간장	• 생선 젓갈(빠라)
	• 쪽파	• 생강류(카)	• 고등어 한 마리
	• 양파	• 핑거루트(까차이)	• 고기 완자
	• 마늘 한 주먹	• 레몬그라스(따카이)	• 물 2리터
	• 소금	• 카피르 라임 잎(마꿋잎)	

만드는 법

1. 육수를 만든다.
2. 양파, 마늘, 고추, 카, 까차이, 따카이, 마꿋잎, 고등어,
   소금 조금 한 번에 다 넣고 끓인다.
3. 재료가 부드럽고 물렁물렁하게 되면 꺼낸다.
4. 익힌 재료 전부 믹서기에 간다.
5. 생선은 가시를 발라 살만 준비한다.
6. 믹서에 간 재료를 다시 냄비에 넣고 간장(큰 수저로
   두 수저), 젓갈 국물 넣고 싱거우면 소금, 간장을 더 넣는다.
7. 마지막 고기 완자를 넣고 쪽파를 손가락 두 마디만큼 넣고
   같이 끓인다.

나만의 요리 비법 Tip

독특한 향을 내뿜는 허브들은
꼭 다 넣어야 해요. 빠지면 맛이
없어요. 특히 레몬그라스는
빠뜨리면 안 된답니다.

재료 소개

놈찐남야빠의 요리 재료를 소개합니다.

양파

국수면

깐마

고추

피피트 라임

고등어

고추오일

고수면와

쟌

마늘

레몬글라스

오이

카

육수 준비!

육수가 끓으면 위 재료들을

전부 냄비에 넣고 끓여 줍니다.

푹~ 끓이고, 재료들이 부드러워졌다면 다시 꺼내 줍니다.

꺼낸 재료들은 전부 믹서기에 갈아 줍니다.

고등어는 살을 바른 후 믹서기에 갈아 주세요.

4부 서로를 이어요, 모두를 품어요: 국수와 만두

믹서기로 갈았던
재료들을 육수가
담긴 냄비에
다시 넣어 주세요.

간장과 젓갈도
함께 넣어 줍니다.

마지막으로
고기 완자와 쪽파를 넣고
푸욱~ 끓여 줍니다.

그사이,
국수 면을 삶아 준비하세요.

접시 위에 국수 면을 올리고
그 위에 푹 끓여 뒀던 소스를
부어 줍니다.

마지막으로 채소들을
예쁘게 올려 주면…

완   성!

© 신유정

마음을 풀어 주는 따뜻함
퍼보

chúc mọi người ăn ngon miệng

부티미린
Vũ Thị Mỹ Linh

베트남
하노이

2017년, 저는 27살 때 베트남에서 한국으로 왔어요. 결혼 전 베트남에 있을 때부터 한국 문화를 좋아했어요. 가수 이선희와 배우 송혜교를 정말 좋아했죠. 송혜교 배우가 나온 드라마는 거의 다 봤어요. 이제 저는 아이가 둘인 엄마가 됐어요. 첫째 아이는 얼마 전에 어린이집에 다니기 시작했고 둘째는 작년에 돌잔치를 했어요. 이선희 가수가 부른 「섬집 아기」는 노래 가사와 멜로디가 너무 슬퍼요. 애기 자장가로 듣다가 제가 울었답니다.

저는 한국 음식도 좋아해요. 그중에서도 삼겹살은 최고예요. 처음 한국에 왔을 때 삼겹살을 먹고는 너무 맛있어서 식당 여러 곳에 찾아다니며 먹었어요. 베트남에서도 삼겹살을 먹어 본 적이 있지만 역시 한국에서 먹는 맛과는 비교가 안 돼요. 사실 쌈장은 한국 와서 처음 먹어 보고는 입맛에 안 맞아서 못 먹었어요. 그런데 지금은 엄청 잘 먹죠. 이제 한국 사람이 다 된 것 같아요. 고향인 베트남도 좋지만 지금의 제 가족은 한국에 있으니 이 곳에서 계속 잘 살아가야죠. 제 꿈은 한국어를 열심히 배워서 간호사가 되는 거예요. 남편이 아프면 돌봐 줄 수도 있고 이웃 사람들과도 더 많이 만날 수 있으니까요. 또 다른 꿈은 애들이 잘 자라는 걸 보는 것이랍니다.

————————————————————————————

'퍼(phở)'는 베트남의 국수 요리를 말해요. 그중에서도 '퍼보'는 소고기 육수를 쓴 쌀국수예요. 반세오(Bánh xèo)라는 월남 쌈도 너무 좋아해서 소개해 주고 싶지만 베트남 사람들이 정말 많이 먹는 것이 퍼이기 때문에 이 음식을 알려 주는 게 더 좋겠어요. 퍼보를 생각하면 자동적으로 엄마 생각이 나고 엄마가 너무 보고 싶어요. 베트남 집에서 늘 퍼보를 먹었으니까요. 식구들이 모여서 퍼보를 같이 먹으며 지낼 때가 그리워요. 베트남에서는 가족들이 많이 모일 때 각자 음식을 조금씩 싸 와서 함께 먹어요. 그래서 음식을 만드는 부담이 많이 없어요. 이 레시피도 언니한테 배운 거예요.

베트남은 프랑스 식민지로 있다가 독립한 뒤에 오랫동안 북쪽과 남쪽으로 분단되었어요. 한국처럼 말이에요. 그래서 음식도 북쪽과 남쪽이 달라요. 북쪽 퍼는 닭고기 국물에 닭고기를 올려요. 남쪽 퍼는 소고기 국물에 소고기를 올려요. 요즘은 한국에도 퍼보를 파는 곳이 많이 생겼잖아요. 점점 다양한 쌀국수를 먹을 수 있는 곳도 많아지고요. 숙주나 양파 같은 게 들어가니까 한국 사람들에게도 친근한 것 같아요. 그래서인지 외식하고 해장할 때 베트남 쌀국수를 즐겨 먹나 봐요. 한국 사람들은 대부분 고수를 싫어해서 그런지 고수를 잘 먹는 한국 사람들을 볼 때는 좀 신기해요.

베트남의 식사 예절 — 베트남에서도 식사 예절이 중요해요. 그런데 북쪽과 남쪽이 달라요. 북쪽은 밥 먹기 전에 "잘 먹겠습니다, 맛있게 드세요." 이런 말을 하는데 남쪽은 그런 게 없어요. 인사도 안 하고 그냥 조용히 먹기만 해요. 어린이들은 밥 먹을 때 말하면 안 돼요.

재료

- 삶은 국수
- 소고기
- 양파 1개
- 쪽파 1그램
- 레몬 1개
- 숙주
- 액젓 2순가락
- 소금 1/2순가락
- 설탕 1/2순가락
- 후추 1/4순가락
- 돼지뼈,
  소뼈(육수용)
- 생강 조금

만드는 법

① 800g 돼지뼈와 500g 소뼈를 삶는다 :
  _ 먼저 냄비에 2리터의 물, 2스푼의 소금, 얇게 자른 생강
  몇 개 넣는다. 다음에 돼지뼈와 소뼈를 넣고 5분정도 끓인다.
  5분정도 끓인 후에 뼈를 다 빼고 물로 씻는다.

② 200g 생강과 300g 양파를 굽고 향신료 (5g 시나몬, 3g 팔각향, 3g초과) :
  _ 생강, 양파를 씻지 않고 맛있는 냄새가 날 때 까지 굽는다.
  구운 생강과 양파를 씻고 껍질을 다 깐다. 그리고 다시백에 향신료를
  넣은 후에 15분정도 닮근다.

③ 삶은 돼지뼈와 소뼈를 끓인다 : (육수 만들기)
  _ 냄비에 삶은 돼지 뼈와 소뼈를 넣고 4리터의 물과 구운생강을 넣고
  뚜껑을 덮어서 30분정도 끓인다. 30분후에 구운 양파, 3스푼의
  베트남 조미료, 2스푼의 설탕, 6스푼의 베트남 액젓을 넣어서 뚜껑을
  다시 덮고 30분 정도 끓인다. 시간이 되어서 뼈와 향신료를 다 뺀다.

④ 쌀국수와 같이 먹는 야채
  _ 양파 껍질을 까서 씻고 반으로 자르고 얇게 썰어 준다. 쪽파를 씻어서
  0.5cm 길이로 자른다. 빨간 청양고추를 얇게 썬다. 레몬을 씻고 4조각으로
  자른다. 그리고 숙주를 씻는다. 국수 면을 10분 - 15분 정도 삶아서
  찬물로 헹군다. 소고기를 씻어서 얇게 사른다.

⑤ 국수 면을 먹는 만큼 그릇에 넣고 소고기, 쌀국수와 같이 먹는
  야채를 넣고 육수(뜨거운 육수)를 넣고 후추 약간 뿌리고 완성된다.

나만의 요리 비법 Tip
한국에서 쉽게 구하기 어려운 재료는
인더넷에서 찾을 수 있어요.

부티미린표 퍼보

요리 재료

* 소뼈 500그램   * 베트남 액젓 6스푼   * 국수
* 돼지뼈 800그램   * 베트남 조미료 3스푼 * 소고기
* 소금   * 시나몬 5그램   * 후추
* 생강   * 팔각향 3그램   * 물
* 쪽파   * 초과 3그램
* 레몬   * 양파
* 청양고추   * 설탕 2스푼
* 숙주

냄비에 물 2리터, 소금 2스푼 얇게 자른 생강 몇 개,

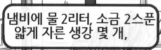

돼지뼈 800그램, 소뼈 500그램을 함께 넣고

5분간 끓여 주세요.

5분이 지나면 뼈를 다 빼고

물로 씻어 주세요.

생강과 양파, 그리고
향신료들을 준비하고

생강 200그램, 양파 500그램과 향신료를
모두 넣어 구워 주세요.

시나몬 5그램

팔각향 3그램

초과 3그램

다 구운 후 생강, 양파를
씻고 껍질을 까 주세요.

뺀 향신료들을 다시백에 넣어
물에 15분 담궈 주세요.

15min.

소뼈와 돼지뼈를 물 4리터, 구운 생강과 함께 넣어 주세요.

30분 끓여 주세요.

30분 더 끓인 후

구운 양파

베트남 조미료 3스푼

설탕 2스푼

베트남 액젓 6스푼

뼈와 향신료 모두 빼 주세요.

© 이민효

할머니께 배워
딸에게 해 주는
팟타이

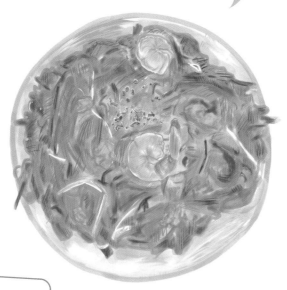

ทานให้อร่อยนะคะ

와루니 타차이

วารุณี ทาชัย

태국
치앙마이

4부 서로를 이어요, 모두를 품어요: 국수와 만두

저는 태국 치앙마이 근처의 시골에서 자랐어요. 엄마 아빠가 맞벌이로 일하셔서 저는 할머니 할아버지 댁에서 지냈답니다. 엄마 아빠와 떨어져 있어서 그런지 할머니는 저를 다정하고 자유롭게 키우셨어요. 작은아버지가 같은 동네에서 사셔서 사촌들이랑 대부분의 시간을 보냈지요. 집 가까이 강이 있어서 아주머니들은 거기서 빨래를 하시고 아이들은 신나게 놀았어요. 태국과 한국은 비슷한 놀이가 많아요. 친구들 여럿이 모이면 수건돌리기를 해요. 내가 술래가 될까 봐 조마조마한 마음으로 놀다 보면 어느새 집에 돌아갈 시간이 되었어요. 제일 재밌었던 놀이는 공기놀이와 대나무 놀이였어요.

월드컵으로 대한민국이 붉게 물들던 2002년에 저는 따뜻한 치앙마이를 떠나 한국에 왔습니다. 이곳은 제가 살던 고향처럼 산과 강이 있지만, 무덥고 비가 많이 오는 태국에 비해 한국은 너무 추웠어요. 처음 겪어 보는 추위에 고생을 많이 했죠. 그래도 하얀 눈이 펑펑 오는 날은 좋아해요. 태국에는 눈이 안 오니까요. 날씨에는 어느 정도 적응이 되었지만 한국말은 시간이 지나도 여전히 어렵습니다. 짧게 묻고 대답하는 대화는 할 수 있는데 길게 얘기 나누는 건 어려워요. 한국 단어 중에서는 제가 잘 먹는 '과일'을 가장 좋아해요. 열대 과일이 그리울 때면 태국 가족들이 바나나 과자와 두리안 과자를 보내 줘요. 요즘엔 두리안이 마트에 있지만 예전엔 귀했어요. 지금도 여전히 비싸지만요.

날씨와 말에 비해 훨씬 더 적응하지 못한 것이 있어요. 바로 음식이랍니다. 처음 한국에 와서 먹는 것 때문에 고생을 많이 했어요. 계란 프라이와 김만 먹었지요. 태국에서도 매운 음식을 먹긴 하지만 매운맛이 한국과는 조금 달랐어요. 한국 음식이 매워서 편하게 먹지를 못했죠. 지금이요? 이제는 아무거나 다 잘 먹어요. 심지어 다 맛있어요.

팟타이는 우리 딸이 좋아하는 태국 요리예요. 고향에 있을 때 학교에서 돌아와 배고플 때면 할머니께서 팟타이를 만들어 주셨어요. 할머니가 요리법을 가르쳐 주셔서 저도 잘 만들어요. 한동네에 살던 사촌 동생 둘이 항상 할머니 집에 와서 같이 놀았어요. 저녁에 온 가족이 모이면 팟타이와 다른 요리들을 차려 놓고 함께 둘러앉아 먹었지요. 제가 어렸을 때는 바닥에서 식사하고 음식을 손으로 먹는 문화였어요. 요즘은 태국 사람들도 식탁에서 먹는 문화로 바뀌었죠. 태국도 외식을 많이 해요. 평일에는 일을 병행하기 때문에 시간을 많이 내기 어렵지만 집안일을 많이 할 수 있는 주말이 오면 가족들에게 팟타이를 자주 만들어 줍니다.

태국의 식사 예절 ─ 태국도 한국과 별다르지 않아요. 한국과 좀 다른 것은 국물 있는 음식을 그릇째 들고 후루룩 마시지 않는다는 거예요. 국이 뜨거워서 다칠 수 있기 때문에 숟가락으로 떠 먹죠. 한국 드라마에서 보면 뚝배기를 들고 쩝쩝거리며 후루룩 먹는 모습이 나오는데 태국에서는 못 보는 풍경이죠.

         4부 서로를 이어요, 모두를 품어요: 국수와 만두

재료

면 1 컵
새우 4 마리
부추 1 컵
숙주 1 컵
계란 1 개
두부 1 컵
새우 마른거 1 수저
양파 1 컵
마늘 1 수저
땅콩볶음 2 수저
설탕 4 수저
간장 4 수저
타마린드 1 컵
레몬 반 개

만드는 법

면을 물에 담는다.
재료들을 씻는다.
기름을 조금 넣고 마늘양파를 작게 썬다.
새우를 건진다.
두부를 넣는다.
면을 넣는다.
간장+설탕 타마린드 섞어서 소스를 넣는다.
계란을 넣는다. 숙주를 넣는다.
부추를 넣는다.
땅콩가루와 마른 새우를 섞어 먹는다.
레몬을 조금 뿌리면 맛있다.

나만의 요리 비법 Tip

숙주를 생으로 넣어 먹는 사람도 있고 볶아서 먹는 사람도 있는데
개인적으로 생으로 먹는 향을 좋아하지 않아서 꼭 익혀 먹어요.
접시에 옮겨 막 볶은 땅콩 가루를 뿌려 주면 평범하지만
진짜 태국의 팟타이를 맛볼 수 있어요.

4부 서로를 이어요, 모두를 품어요: 국수와 만두

© 이하나

엄마와 같이 요리한
팟타이

완란야 푸카마
วรัญญา พุกกะมา

태국
칼라신

한국에 오기 전 태국에서는 직장 생활을 했어요. 5년 정도 전자 관련 회사에서 일했지요. 그러다 한국에 사는 태국 친구가 지금 남편을 소개해 줬습니다. 결혼을 하고 한국으로 오게 되었지요. 처음에는 아는 사람이 없어서 한국어를 배울 수 있는 사람이 남편뿐이었어요. 그런데 남편은 김 양식 일을 해요. 새벽부터 일을 시작해야 하고, 늘 바쁘고 고되다 보니 서로 이야기 나눌 시간이 별로 없었어요. 한국 생활이 익숙해질 무렵부터는 코로나가 시작되어서 한국말 배우기가 더 어려워졌어요. 말을 잘 못하니 한국인 친구도 못 사귀고 점점 집에만 있게 되더라고요. 유튜브를 보거나 드라마만 봤어요.

하지만 얼마 전부터 서천군 가족 센터 사회 통합 프로그램에 참여하고 있습니다. 베트남, 필리핀, 태국처럼 다양한 국가의 친구들과 함께 한국어 공부를 시작했어요. 재미도 있고 다시 꿈도 생겼어요. 요즘 태국 사람들에게 한국 병원이 인기가 많거든요. 태국 사람들이 한국 병원에 찾아올 때 도움을 줄 수 있는 통역사가 되고 싶어졌어요. 물론 한국어를 더 잘해야겠죠. 곧 3단계 한국어 시험을 봐요. 잘 통과해서 4단계에 빨리 올라가고 싶어요. 저는 한국의 바다보단 산이 좋지만, 한국에서 바다를 보고 있으면 아름다운 푸른빛이 가득한 태국의 바다가 떠올라서 좋아요.

제가 좋아하는 음식은 팟타이입니다. 어렸을 때부터 집에서 직접 요리해 먹었어요. 엄마랑 같이 팟타이를 만들어 먹던 시절이 참 행복했습니다. 팟타이는 만드는 데도 시간이 많이 걸리지 않아요. 한국 음식 중에서는 잡채와 맛이 비슷해요. 잡채는 특별한 날에 먹지만 팟타이는 그렇지는 않아요. 매일 자주 쉽게 먹을 수 있는 음식입니다.

저는 태국 요리는 곧잘 하지만 한국 요리에는 재능이 없는 것 같아요. 남편에게 삼계탕을 해 주고 싶어서 휴대폰으로 레시피를 찾아 따라하며 요리해 보았는데, 남편이 그날 조용히 시어머니 댁에 가서 밥을 먹고 오더라고요. 저도 그렇게 태국의 우리 엄마한테 슬쩍 가서 팟타이를 먹고 오고 싶어요. 3년 넘게 영상 통화만 했는데, 엄마가 많이 보고 싶어요.

태국의 식사 예절 ― 태국 사람들은 어릴 때부터 식사 예절을 가르치지만 우리 집에서는 식사할 때 엄격한 규칙 같은 건 없었어요. 꼭 지켜야 하는 것은 식사할 때 얘기를 하지 않고 먹을 때 소리를 내지 않는 거예요. 레스토랑이나 집에서 파티를 할 때는 술을 마시기도 합니다. 어른이 술을 따라 주면 두 손으로 공손히 받습니다. 한국처럼 고개를 돌려 마시지는 않아요.

재료　설탕, 레몬, 액젓, 견과류, 국수, 숙주나물, 기름, 말린 새우, 계란, 고춧가루, 두부, 타마린드 주스

만드는 법

식물성 기름을 넣고 타마린드 주스를 넣고 액젓, 설탕을 넣고 국수를 넣고 계란을 넣고 두부를 넣습니다.

접시에 국수, 레몬, 칠리, 숙주나물을 추가하십시오.

나만의 요리 비법 Tip
면을 너무 푹 익히면 안 돼요.
국수가 쫄깃해야 팟타이가
맛있어요. 레몬즙을 넣어 주면
더 좋아요.

완란야 푸카마표 팟타이 만들기

재료

견과류 설탕 액젓 레몬 타마린드주스 기름 숙주나물 말린새우 두부 계란 국수 고춧가루

자, 팟타이 만들기를 시작해 볼까요~?

먼저 식물성 기름을 프라이팬에 두르고,

타마린드 주스를 넣어 주세요.

WONDERFARM

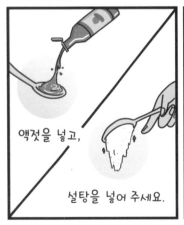

액젓을 넣고,

설탕을 넣어 주세요.

미리 삶아 둔 면을 넣고,

계란과 두부도 함께 넣어 주세요.

거의 다 완성입니다~♪

이제 데친 숙주나물과

레몬, 견과류 등과 칠리소스를 뿌려 완성.

완성

© 신다빛

대대로 내려온
우리 집 <mark>찬 국시</mark> 이야기

Приятного аппетита!

이 에브게니아

ЛИ ЕВГЕНИЯ

키르기스스탄
비슈케크

아버지는 우즈베키스탄, 어머니는 키르기스스탄 국적이지만 두 분 다 고려인이세요. 옛 소련 지역에 사시다가 중앙아시아로 강제 이주당한 한국인의 후손들이죠. 저는 키르기스스탄에서 태어나 고등학교 때 미국으로 갔고 거기에서 정착하려고 했어요. 그런데 할머니를 찾아뵈러 갔을 때 긴 이야기를 들었어요. 할머니는 제가 미국 대신 자신의 고향인 한국으로 갔으면 좋겠다고 하셨어요. 이제는 거기서 살아야 한다고요. 이후에 고려인인 남편과 결혼을 했고, 첫째 아들을 낳으면서 한국으로 가는 문제를 고민하게 됐죠. 우리는 겉모습은 한국인이었지만 한국말을 할 줄 몰랐고 우리의 뿌리가 되었던 나라를 전혀 모르는 상태였어요. 문화적으로나 정체성 면에서나 항상 빈 구석이 있었죠. 우리 아이들은 그렇게 살게 하기 싫었어요. 남편도 같은 마음이어서 한국에 가기로 결심했습니다.

처음 한국에 왔을 때는 한국어를 전혀 몰랐고 문화 차이도 있어서 힘들었어요. 할머니가 하시는 한국말을 알아듣긴 했지만 할머니의 한국말은 여기서 쓰는 말과 조금 달랐어요. 1~2년 동안 계속 열심히 한국어를 공부했어요. 토픽 시험도 보고 한글 공부방에서 계속 공부하고 있어요. 지금은 아들, 딸, 남편, 키르기스스탄에서 함께 오신 시어머니와 살고 있어요. 고려인 친구들도 있고 중국, 필리핀 친구들도 많습니다. 일도 해야 하고 통번역노 해야 하고 오후에는 학원에도 다녀요. 퇴근하고는 애들도 돌봐야 하고 집안일도 해야 해서 늘 바쁘답니다.

요리 이야기

어릴 때 저희 집 식탁에는 할머니와 어머니가 직접 만들어 주신 한국 음식이 올라왔어요. 키르기스스탄의 땅에서 난 음식 재료로 만든 만두, 순대, 김치 등을 먹으며 자랐죠. 어머니는 정말 건강한 음식만 만들어 주셨어요. 그중에서도 할머니의 국시는 진짜 다른 집이랑 달랐어요. 국물도 너무나 건강하고 짜거나 매운 맛이 없이 진짜 맛있었어요.

우리 집 국시는 차가운 국시입니다. 집간장으로 맛을 낸 시원한 육수에 다섯 가지 반찬인 오이, 계란, 양배추, 파프리카, 고기를 얹어서 먹는 음식이에요. 비빔밥이랑 비슷한데 밥 대신에 면을 넣는 거죠. 키르기스스탄의 여름 햇볕은 매우 뜨거워요. 이곳 날씨와는 달리 그늘에 들어가면 시원하지만 그래도 더워요. 그럴 때 먹던 찬 국시 맛은 최고였어요. 저는 우리 집 국시가 세상에서 제일 맛있는 국시라고 생각했는데 결혼하고 시어머니의 국시를 먹고 진짜 맛있는 국시가 여기에도 있구나 깨달았어요. 엄마가 해 준 맛이랑 다르지만 역시나 맛있는 국시였어요. 재료는 비슷하지만 만드는 방법에 따라 조금씩 다른 국시 비법은 할머니, 어머니, 시어머니와 딸, 며느리로 이어지며 대대로 전해 내려왔어요.

키르기스스탄의 식사 예절 — 키르기스스탄에서는 밥을 먹기 전에 차를 마시는 풍습이 있습니다. '츠느 (chyny)'라는 작은 찻잔에 차를 마셔요. 빵을 먹을 때는 포크로 먹어서는 안 되고 반드시 두 손으로 뜯어서 먹어야 합니다. 이건 키르기스인들의 기본 예절이고 고려인은 옛 전통과 현재의 예법을 조화롭게 따르는 것 같아요. 어른이 먼저 수저를 들면 따라 들고, 음식을 다 드실 때까지 일어나지 않고 기다립니다. 쌀밥은 포크로 먹지 않고 절대 밥을 남겨서는 안 돼요. 이런 문화가 점점 사라지고 있지만 옛 식사 예법을 지키는 가족들도 있어요.

재료

- 오이
- 고기
- 양배추
- 계란
- 파프리카
- 양파
- 국수
- 고추
- 마늘
- 후추
- 소금
- 참기름
- 간장

만드는 법

우리 집 국시는 5가지 반찬, 면, 육수로 구성되어 있습니다.

1. 오이 반찬
오이는 얇게 채 썰어 소금으로 간을 한다.
* 오이를 꼭 짜고 남은 오이즙은 육수용으로 남겨 놓는다.
후추, 간장, 마늘을 넣는다.
양파를 기름에 볶다가 오이에 넣고 잘 섞어 준다.

2. 고기 반찬
고기를 얇게 썬다.
센 불에 양파와 파프리카를 넣고 볶는다.
소금, 마늘, 고추로 간을 하고 잘 섞는다.

3. 양배축 반찬
양배축를 잘게 썰어 소금으로 간을 해준다.
마늘, 후추, 고추를 넣고 잘 섞는다.

4. 계란
얇은 계란 팬케이크를 만들고 얇게 썬다.

5. 매운 반찬
파프리카를 자르고 양파와 함께 기름에 볶는다.
소금, 간장, 참기름으로 간을 맞춘다.

육수
물 4리터를 붓고 오이즙, 간장, 소금, 후추, 고추를 넣고 잘 섞는다.

국수를 삶아 5가지 반찬과 육수를 그릇에 담아 낸다.

나만의 요리 비법 Tip
소금으로 간하지 않고 할머니가
만든 집간장을 꼭 넣어야 해요.

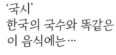

'국시'
한국의 국수와 똑같은
이 음식에는…

고려인들의
이주 역사가 담겨 있다.

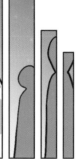

1937년, 구소련의 스탈린은
17만 명의 한인들을 키르기스스탄 등 중앙아시아로
강제 이주시키라는 명령을 했다.

러시아

카자흐스탄

우즈베키스탄
키르기스스탄
투르크
메니스탄
타지키스탄

그곳엔 나의 증조부모님도 계셨다.

머나먼 타국에서 그렇게
나의 할머니가 태어나셨다.

나의 어머니 국적은
키르기스스탄.

나의 아버지 국적은
우즈베키스탄.

두 분 모두 고려인인 부모님은
키르기스스탄에 정착하고

나를   낳았다.

우리는 집에서 한국어를 사용했다.

그리고 식탁에는 어머니와 할머니가 만든 한국의 음식이 올라왔다.

사는 곳은 키르기스스탄이지만, 우리 가족은 고국의 문화를 지키며 살았다.

난 고등학교 때 미국으로 유학을 갔고, 그곳에서 정착하고 싶었지만

할머니께선 우리의 정체성을 알아야 한다고 한국으로 가길 권유하셨다.

100년의 세월이 흘러 고국, 한국에 왔다.

서툰 한국말과 문화 차이로 힘든 나날을 보냈지만,

어서 와, 한국은 처음이지?

이젠 정착해 한국인으로 살아가고 있다.

대대로 내려온 우리 집
찬 국시 이야기

요리 재료

- 양파
- 오이
- 계란
- 파프리카
- 마늘
- 고기

- 참기름 (약간)
- 소금
- 후추
- 고추

* 할머니가 만든 집간장

우리 집 국시는
5가지 반찬을 넣어 먹는
차가운 국시입니다.

1 2 3 4
5

키르기스스탄은
더워요!

1. 고기 반찬

고기를 얇게 썰고,

센 불에 양파와 파프리카를
함께 넣고 볶습니다.

소금, 마늘, 고추로
간을 하고 잘 섞습니다.

2. 계란 반찬

계란을
풀어 주고

얇은 계란 팬케이크를
만들고

얇게 잘라 줍니다.

3. 오이 반찬

오이를 얇게
채 썰어줍니다.

마늘, 후추, 고추를 넣고

양파를 기름에 볶아
오이와 섞어 줍니다.

* 오이는 꼭 짜고 남은 오이즙은
육수용으로 남겨 놓습니다.

4. 양배추 반찬

양배추를 잘게
썰어 줍니다.

마늘, 후추, 고추를 넣고

잘 섞어 줍니다.

5. 매운 반찬

파프리카를
먹기 좋게 자르고

양파와 함께 볶은 후

소금, 간장, 참기름으로
간을 맞춥니다.

* 육수 물 4리터에 오이즙+소금+후추+고추를 넣고

잘 섞어 육수를 만듭니다.

그릇에 면과 육수,
5가지 반찬을 담으면

이 에브게니아의
차가운 국시 완성!

© 이유진

건강과 복을 부르는
자오즈

祝 您 用餐 愉快

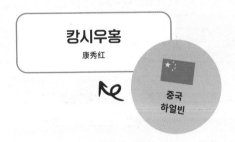

캉시우홍

康秀红

중국
하얼빈

중국으로 여행 온 남편을 만나 2012년에 한국에 들어와서 결혼을 했어요. 늦은 나이에 만나 둘이 행복하게 살 줄 알았는데 갑자기 남편이 떠나고 혼자 남았습니다. 남편은 향신료를 싫어해서 중국 음식을 하나도 못 먹었어요. 덩달아 저도 요리해서 먹고 싶은 걸 참고 살았지요. 지금은 좋아하는 중국 음식을 얼마든지 만들어 먹어도 되는데 혼자 먹는 식탁은 외롭고 남편이 그립습니다.

작년 12월까지 칼을 제조하는 회사에 다녔어요. 그런데 회사도 어려워져서 문을 닫아 버렸네요. 요즘 사람들은 밥을 잘 안 해 먹어서 그런지 칼이 잘 안 팔리나 봐요. 친구들도 다들 회사에 다니고 있어서 평소엔 이야기할 사람도 없고 텔레비전 보는 것이 유일한 낙입니다. 매일 보다 보면 알아듣는 한국어도 많고 저절로 공부도 돼요. 중국에 있는 아들 생각, 가족 생각, 떠난 남편 생각에 가슴이 답답할 때는 바다에 가요. 운전을 잘 못해서 먼 곳까지 가기는 어렵지만 가까운 장항 앞바다에 나가 마음을 풀고 와요. 탁 트인 바다가 시원해서 좋아요. 우리 아들이 공부도 잘하고 잘되면 좋겠어요. 우리 엄마 아빠도 건강하시고 오래오래 사셨으면 좋겠고요. 가족들이 잘 지내는 것, 바라는 건 그것뿐이에요.

요리 이야기 ─────────────────────────────

중국에서는 설날이 되면 가족들이 모두 모여서 만두를 먹어요. 좋은 재료로 소를 만들어서 넣고 만두를 빚으면서 소망을 비는 거예요. 만두 모양이 옛날의 중국 화폐랑 닮아서 만두를 먹으면 부자가 되는 복을 받는다고 해요.

저는 고기랑 부추를 넣어 빚는 부추 만두를 소개하려고 해요. 중국어에서 부추(韭菜)의 부(韭)는 길다는 뜻의 부(久)와 발음이 같아서 오래오래 건강하고 복을 길게 받으라는 뜻이 있어요. 뜻도 뜻이지만 커다란 만두를 크게 베어 물면 정말 맛있잖아요. 식구들이 모여서 덕담을 해 주며 만두를 나눠 먹는 순간에 이미 행복해지는 게 아닐까 싶어요.

한국에서도 명절에 만두를 빚어서 먹더라고요. 중국에서는 묵은해에서 새해로 바뀌는 밤에 만두를 빚어서 먹어야 한다는 전통이 있어요. 요즘엔 판매하는 만두도 많아서 편하게 먹을 수 있지만 정성스럽게 반죽하고 빚고 요리하는 과정에서 소망을 빌 수 있어요.

중국의 식사 예절 ─ 중국은 땅이 넓어 지역별로 식사 예절이 다 달라요. 예전에 중국에서는 식사를 하면서 후루룩 소리를 내고, 음식을 입에 가득 넣고 말을 해도 상관이 없었어요. 하지만 요즘은 아이들이 입에 음식을 넣고 말을 하거나 쩝쩝 소리를 내면 혼을 내요. 음식을 남기는 것이 예절이었던 시절도 있었지만 지금은 깨끗이 먹고 비워 줍니다. 다 먹었으면 "잘 먹었습니다(만만츠, 慢慢吃)!"라고 말하고 아이들이 어른보다 먼저 일어나도 된답니다.

재료 부추, 계란, 말린 새우, 또는 큰 새우 썰어서,
후추, 돼지고기, 밀가루

만드는 법

1 밀가루와 물을 섞어 반죽을 만든다.
2 부추, 익힌 계란, 소금, 후추, 식용유, 십삼향, 돼지고기,
   말린 새우를 섞는다.
3 반죽을 작게 잘라 피 만두피를 만든다.
4 송편 오양으로 만두를 빚는다.
5 끓는 물에 삶아서 맛있게 먹는다.
6 소스는 노모, 마늘쫑, 식초와 간장을 섞어 만든다.

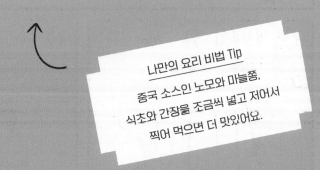

나만의 요리 비법 Tip
중국 소스인 노모와 마늘쫑,
식초와 간장을 조금씩 넣고 저어서
찍어 먹으면 더 맛있어요.

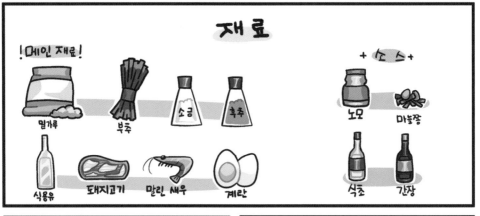

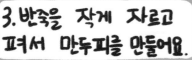

3. 반죽을 작게 자르고 펴서 만두피를 만들어요.

4. 송편 모양으로 만두를 빚습니다.

5. 끓는 물에 삶습니다.

6. 소스는 뇨모. 마늘쫑 식초. 간장을 넣어 만듭니다.

맛있게 드세요~!

© 최정연

끝과 시작을 알리는
보오즈

Сайхан
Хоолоорой.

척절마
Tsogzolmaa

몽골
홉스굴

4부 서로를 이어요, 모두를 품어요: 국수, 만두

몽골의 겨울은 엄청 추워서 옷을 거의 곰처럼 입고 다닙니다. 세상의 모든 것이 얼어 있어요. 하늘은 항상 맑고 비는 거의 오지 않죠. 우리 집에는 늘 일이 너무 많았어요. 할머니는 일 나가시기 전에 제가 하루 종일 해야 할 일을 알려 주셨는데 말이 너무 빨라서 할머니 뒤를 따라다니며 노트에 막 적었어요. 학교 끝나고 할머니가 돌아오기 전까지 빨래, 청소를 하고 오후 5시 반에서 6시 사이가 되면 양과 말, 소, 동물들을 집으로 데려와서 울타리에 넣고, 소에게 저녁 우유를 받으면 모든 일이 끝났어요. 그러고 하늘을 보면 헤아릴 수 없이 많은 별들이 눈에 들어와요. 보름달은 얼마나 큰지 말로 표현하기 어려울 정도예요. 수없이 많은 별자리들이 쏟아져 내릴 것 같았어요. 시골이다 보니 물건이 귀했어요. 초원에 옷 가게가 있을 리 없죠. 옷을 만들어 입기도 했는데 그중 가장 기억에 남는 건 교복입니다. 몽골은 초등학교부터 교복을 입거든요. 저는 오빠와 여동생이 있는데, 남녀가 모두 평등한 문화였어요.

우리는 전통 가옥 게르에 살았어요. 수천 년에 걸쳐 몽골의 날씨와 유목 생활에 알맞게 계승된 집이죠. 조립과 분해가 쉬워서 오빠와 할아버지와 이웃 아저씨들이 함께 도우면 게르가 뚝딱 만들어져요. 가을, 겨울이 오면 동물들이 많이 죽기도 하고 눈이 워낙 많이 와서 마을로 내려와 나무 집에서 지냈어요. 꼼짝없이 집 안에서 공부와 일만 하고 봄이 되어야 꽃이 가득한 초원으로 돌아갈 수 있었어요. 집 근처에 '어머니의 바다'라고 불리는 홉스굴 호수(Khovsgol Lake)가 있었는데 바다와 같이 넓고 정말 맑은 호수입니다. 친구들과 함께 호숫가에 앉아서 풍경을 바라보던 기억이 떠오르면 지금도 마음이 편안해집니다.

보오즈는 1년 내내 먹는 가정식이지만 특히 2월 전후에 있는 음력 설 기간 동안에 많이 먹어요. 양고기나 소고기로 속을 채운 찐만두 같은 음식이에요. 몽골어로 설을 '차강사르'라고 해요. '하얀 달'이라는 뜻인데 나쁜 것이 사라지고 모든 것이 깨끗해진다는 의미가 있죠. 흰색을 좋게 여겨서 흰색 음식을 준비하는데 그중 하나가 보오즈예요. 설이 되면 나이가 많은 사람 집에 딸, 아들, 손녀, 손자, 동생, 사촌 등 온 가족이 찾아옵니다. 그리고 나이가 어린 사람들이 어른들께 선물을 드리고 세배를 올려요. 절을 할 때는 꼭 모자를 씁니다. 설날에는 대부분의 사람들이 전통 의상을 입거든요. 특이한 점은 부부끼리는 세배를 안 해요. 그리고 임신한 사람끼리도 인사를 안 합니다.

보통 설 전날에 가족들이랑 집을 엄청 깨끗이 청소하고 배 터지게 먹어요. 손님들이 배가 부를 때까지 먹어야 다음 해에 배고프지 않게 지낼 수 있대요. 가족들과 다 같이 앉아서 먹는 그 순간이 너무 소중해서 몽골 사람들 모두가 이 음식을 좋아합니다. 보오즈를 1,000개 이상 만드는 집도 있지만 식구가 적은 우리 집은 100개에서 200개 정도 만들었어요. 남자들은 바깥일을 하고 보오즈는 여자들이 도맡아 만들었어요. 미리 빚어서 준비해 얼려 놓고 먹는답니다. 이제 제 가족은 한국에서 함께 사는 사람들이지만 고향이 그리울 때가 있어요. 몽골에 있는 가족들이 보고 싶을 때 보오즈가 생각이 나요.

몽골의 식사 예절 — 어른이 먼저 식사를 시작해야 아랫사람들이 먹을 수 있습니다. 식사 도중에 일어나 밖으로 나가지 않고 모든 사람이 식사를 끝낼 때까지 기다려요. 턱을 괴고 먹어서도 안 되고 바닥에 누워서 밥을 먹거나 밥그릇을 바닥에 놓지 않습니다. 식사 중에는 다리를 꼬거나 테이블 바깥으로 뻗지 않아요. 의자에 앉을 때는 다리를 모으고 바닥에 앉을 땐 다리를 접고 앉아요. 손님은 음식이 나오기 전에 나가면 안 되고 꼭 한 입이라도 먹고 가야 해요. 쩝쩝거리며 소리 내어 먹거나 냄비 바닥을 긁어 먹지도 않고요. 그릇을 치거나 밥그릇에 젓가락을 찔러 놓지도 않습니다.

만드는 법

1. 밀가루 500그램에 온수랑 소금 넣고 반죽한다.

2. 고기를 작게 다져 후추 양파 작게 다져서 넣는다.

3. 소금을 넣어 고기에 맛을 더해준다.

4. 밀가루를 작게 동그랗게 밀어 만두피를 만든다.

5. 만두피에 고기 넣고 만두 모양으로 잡아준다.

6. 끓는 물속에 보오즈를 넣고 10~20분 찐다.

나만의 요리 비법 Tip

몽골 감자 샐러드, 수테차, 몽골 막걸리를 보오즈과 같이
먹으면 더 맛있어요. 채소를 싫어하는 사람이 있으면
엄청 작게 다져서 넣어 줘요.

4부 서로를 이어요, 모두를 품어요: 국수와 만두

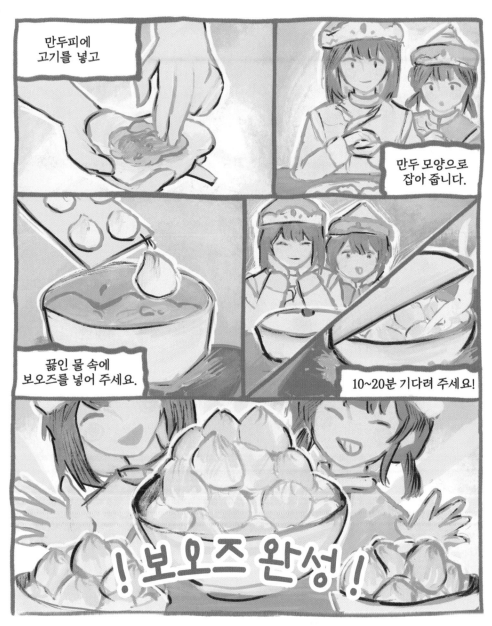

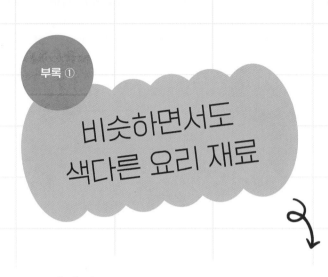

비슷하면서도
색다른 요리 재료

우리 곁으로 날아온 이웃들의 이야기 재미있으셨나요? 이미 익숙한 음식도 있고, 새롭게 알게 된 음식도 있었을 것 같은데요, 가정에서도 한번 만들어 보고 싶다면 재료 준비부터 시작해야겠죠? 우리가 쓰는 재료와 엇비슷하면서도, 이색적인 식재료를 소개합니다.

과즙 톡톡! 식욕을 돋우는 새콤한 향

　이 책에는 레몬, 라임, 카피르 라임이라는 과일이 나옵니다. 레몬은 요리할 때도 넣지만 식사하기 전 물을 넣은 그릇에 띄워 손을 씻기도 해요. 카피르 라임 잎도 비슷해요. 레몬과 카피르 라임은 음식을 만질 때 손가락에 들러붙는 강한 음식 냄새를 제거하는 데 도움이 됩니다.

**태국
완란야 푸카마**

　팟타이는 레몬을 넣어 새콤하고 숙주를 넣어 아삭해요. 그밖에 좋아하는 채소나 새우 같은 것을 넣어 먹으면 됩니다. 일년 내내 더운 태국에서는 새콤달콤한 음식이 입맛을 돋워요.

**태국
빠바번 빔씸**

　옛날 태국 사람들은 손으로 음식을 먹었어요. 음식을 먹기 전에 카피르 라임 조각으로 손을 씻었답니다.

라임

레몬

카피르 라임

같은 듯, 다른 듯! 비슷한 뿌리채소

생강, 양파, 마늘은 한식에서도 없어서는 안될 재료죠. 이외에도 생강과 작물인 핑거루트, 양파와 비슷하지만 크기가 작고 맵싸한 맛도 덜한 샬롯도 챙겨 보세요. 한국에서는 인터넷으로 구할 수도 있답니다. 참! 핑거루트는 나라마다 부르는 이름이 다르대요, 구입하실 때 참고하세요.

미국
힌디 최샤오팅

박칫가이 육수에는 생강을 넣는 것을 잊지 마세요! 파와 마늘도요. 한국 사람들 입맛에도 맛있을 거라고 생각해요.

태국
메타위 문크럼

제 고향 태국에서는 '깽 키아오 완'에 샬롯을 다져서 넣습니다.

생강

마늘

양파

핑거루트

샬롯

이제는 우리에게도 친숙해진 이국의 향기, 허브

동남아 음식이 우리나라에 처음 소개되었을 때만해도, 생소한 향 때문에 이질감을 느끼는 분들이 많았는데요, 이제는 오히려 음식의 향을 매력적으로 느끼고 즐기는 사람들도 많이 늘어났죠. 갖가지 허브가 자라나는 동남아에서는 허브를 풍부히 써서 향긋한 음식을 만들곤 한다는데요, 이 책에서 주로 쓰인 허브들을 알아볼까요?

시리아
지난 사예드
요세프

팔라펠에 파슬리와 고수를 넣으면 향긋하고, 신선한 반죽을 만들 수 있답니다. 노릇하게 튀긴 껍질 사이로 비치는 초록빛 속살이 군침을 돌게 만들죠.

베트남
응오 후인 느

반미에 고수를 살짝 추가해 보세요. 베트남 현지의 맛을 느낄 수 있어요.

바질 딜 파슬리 월계수

카레 레몬그라스 코리앤더 (고수)

각국의 식기를 보며 문화를 이해해요

한식을 먹을 때와 외국 음식을 먹을 때, 서로 다른 도구를 쓴다는 것은 많이들 알고 계시지요? 포크와 나이프를 써서 먹는 음식도 있고, 또 손을 써서 음식을 먹기도 하지요. 이번에는 음식을 먹을 때 쓰는 도구들을 살펴볼게요.

미국
힌디 최샤오팅

'入乡随俗', 'When in Rome, do as the Romans do' 그 고장에 가면 그 곳의 풍속을 따라야 합니다. 중국에서는 밥그릇을 들고 젓가락으로 밥을 먹고, 미국에서는 나이프와 포크를 사용하고, 한국에서는 수저와 젓가락을 사용해 밥을 먹는 다양한 변주를 보여 주고 있어요.

한국

나무젓가락은 국물에 젖어서 비위생적일 수 있기 때문에 한국에서는 주로 쇠젓가락을 씁니다.

일본

일본 사람들은 미끌한 해산물이나 우동과 같은 면류를 많이 먹기 때문에 젓가락의 끝 쪽이 뾰족합니다.

중국

중국은 온 식구가 둘러앉아 식사를 해 음식과의 거리가 멀기 때문에 젓가락이 가늘고 깁니다.

아랍   양식   동남아시아

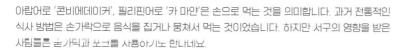

아랍어로 '콘비에데이커', 필리핀어로 '카 마안'은 손으로 먹는 것을 의미합니다. 과거 전통적인 식사 방법은 손가락으로 음식을 집거나 뭉쳐서 먹는 것이었습니다. 하지만 서구의 영향을 받은 사람들은 숟가락과 포크를 사용하기도 한다네요.

모처럼 뜻깊은 책을 읽었어요.

진솔하고 뭉클한 이야기에

레시피도 모두 진짜인 데다가

취재와 만화 작업은 이웃 고등학교 학생들이 직접 했다는데

읽는 내내 지구 구석구석 세계 여행을 다녀온 기분이었어요.

평소에 좋아하고 즐겨 먹는 음식들 얘기가 나올 땐 반가웠고

처음 보는 음식은 어떤 맛일까 궁금했어요.

베이크드 빈 커리는 간단해 보여서
직접 만들어 보기도 했죠.

평소 집에서 먹던 카레에
베이크드 빈을 넣어

한국식으로 변형된 버전이긴 했지만

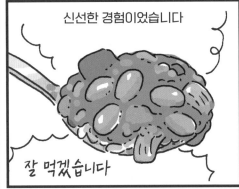

신선한 경험이었습니다

잘 먹겠습니다

이게 남아공 스타일?

그렇다는데

아주 고급스러운
맛이 나요!

그치?

내가 외국에 살고 있다면

천천히 먹어

네

냠냠냠

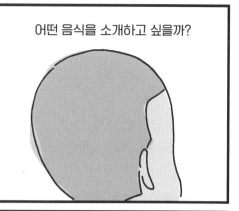

어떤 음식을 소개하고 싶을까?

떡볶이에 순대, 양념치킨, 짜장면, 설렁탕이랑 부대찌개, 뼈해장국도 좋겠지만

결국 엄마가 해 주던 음식을
알려 주고 싶겠지.

특별한 날 먹었던 것보다
어릴 적 자주 먹던,
평범하지만 정성스런 음식들을…

이 책을 함께 만드신 분들

기획
충청남도 서천교육지원청 서천도서관

구술 채록
사서   김선애, 김연문, 김한슬

봉사자   방미연, 이여름, 이예림, 한혜영

청소년   강윤하, 김강희, 김은지, 김주영, 민가영, 박두산, 방지원, 복은혜,
오다연, 윤희원, 이하나, 이하민, 임채원, 전유빈, 조은비, 최나은,
최아인, 하연

요리 그림과 만화
지도 교사   이명철, 한규리

청소년   강다연, 김연우, 김원엽, 김지윤, 김지현, 김태린, 박태희, 송홍희,
신다빛, 신유정, 안으리, 안지훈, 오수민, 윤지율, 이민효, 이유진,
이하나, 전효림, 전서연, 최정연, 현수빈

* 많은 도움을 주신 서천 여자 고등학교, 충남 디자인 예술 고등학교, 서천군 가족 센터,
홍성 이주민 센터 관계자 여러분께 깊이 감사드립니다.